COLLECTION FOLIO

Carole Fives

C'est dimanche et je n'y suis pour rien

Gallimard

Cet ouvrage a précédemment paru dans la collection
L'Arbalète aux Éditions Gallimard.

Carole Fives est née en 1971 dans le Pas-de-Calais. Elle vit actuellement à Lyon. Elle a publié plusieurs ouvrages salués par la critique : *Quand nous serons heureux* (nouvelles), prix Technikart et prix Jeunes Talents Fnac, *Que nos vies aient l'air d'un film parfait* (roman), prix L'Usage du monde, *C'est dimanche et je n'y suis pour rien* (roman), ainsi que plusieurs ouvrages pour la jeunesse à L'école des loisirs. *Une femme au téléphone* est son troisième roman.

À mon fils

Alors nous traverserons heureusement le fleuve du Léthé et nous ne souillerons point notre âme.

PLATON,
La République, Livre X

État stationnaire. Il pourrait rester des mois dans cette chambre, des années, il sent que tout continuerait très bien sans lui, sans que plus personne ne s'intéresse à son cas, à ses envies, ses colères, à ce qui a rythmé sa vie jusqu'à présent, lui semblait si urgent, réparer cette pièce de voiture avant le week-end, afin que Michel puisse remonter le moteur d'un client pressé, mais t'en connais un seul de client qui ne soit pas pressé ? Et c'est pour ça aussi, à cause de tous ces clients pressés, que lui, José, s'était dépêché ce soir-là, terminer cette pièce, foncer sous la douche, changer ses vêtements pour de plus clairs, de plus légers, et filer la rejoindre, elle, au plus vite.

Ce soir-là, sa mère n'avait pas compris pourquoi il ressortait, alors qu'il était grand temps pour lui de dormir, mais rien à faire, elle n'avait pas pu le retenir. Elle se souvenait encore de la lumière qui filtrait sous la porte de la chambre de son fils alors qu'il finissait de se changer, et du bruit qu'avait fait le moteur de la voiture en quittant la maison familiale. Déjà plusieurs semaines qu'elle ne pouvait plus le retenir, plus l'empêcher, que chaque minute de libre, il en profitait pour s'esquiver.

Tout est allé si vite, il n'est plus qu'un grand œil qui ne cligne pas… Ils ont dit état stationnaire. État stationnaire, c'est l'état où il est ? Qu'est-ce que ça veut dire ? Impossible d'entrouvrir les paupières, de sentir ses mains, encore moins ses jambes. Les artifices par lesquels on le fait respirer sont des assemblages qui fascineraient les enfants, un rien de l'air du dehors et il bascule par contagion dans la mort, un rien, il est trop faible pour en vouloir à rien. Mais il n'a rien à faire avec la mort.

Il ne perçoit plus que le glissement de leurs ombres dans la lumière et les mouvements de l'air qu'ils déplacent dans la chambre d'hôpital. Il est là sans y être, rien n'a changé dans le fond. Il se souvient de ces matins où il a cru pouvoir s'échapper, où le cœur cognait si fort qu'il en avait mal au thorax, où il avait envie de danser comme un dératé, et il ne s'en privait pas, il montait le son, de la soul, du funk, ce qui passait à la radio, il s'élançait avec de grands bonds et de ces moulinets avec les bras, avec ce trop-plein qui lui donnait envie de tout déchirer, ou de s'abattre dans un grand éclat de rire.

Ça dure depuis longtemps déjà autour de lui, trop longtemps, les larmes, les cris et la colère de Manuel, et son parfum à elle, sa peau à elle, qu'il a tellement embrassée, tellement bue et léchée, qu'il a presque cru pouvoir passer au travers. Il aimerait la sentir plus près de lui, mais c'est juste une odeur à présent, légère, presque un souvenir, et si sa main cherche la sienne comme elle l'a fait cette nuit-là, pour la porter à ses lèvres et en respirer la paume, profondément, pour s'en remplir, se prendre un dernier shoot de lui, si sa main à elle cherche encore la sienne, malgré la présence des autres autour, la Família Unida, même si bien sûr il ne s'attend pas à ce qu'elle ait exactement les mêmes gestes que lorsqu'ils étaient seuls tous les deux, mais si sa main cherche encore la sienne, pourquoi alors ne la sent-il plus ?

1

Il y aura toujours un bébé qui hurle, toujours. Dans chaque avion, chaque train, il y en aura un pour vous arracher à vos pensées, à vos rêves, à votre solitude.

L'avion est plein de Portugais qui parlent fort. Je frissonne dans mon tee-shirt et ce n'est que le début du voyage. Je prends l'avion trop peu souvent, chaque fois je me fais avoir avec leur clim. Il y a bien ce gilet noir laissé dans la cabine à bagages, mais un peu tard maintenant pour demander à la voisine de se relever. Quel âge peut-elle avoir la voisine ? Une grosse quarantaine ou une petite cinquantaine ? Et la gamine avec elle, sa fille, sa petite-fille ? Six ans ? Trois ans ? Je n'y connais vraiment rien en enfants.

L'embarquement est terminé, plus moyen de faire marche arrière. Ce voyage, j'y pense depuis longtemps, mais toujours d'autres priorités, d'autres choses à régler. C'est incroyable le temps que ça prend, les choses à régler… Vingt-cinq ans, voilà, ça m'a tout juste pris vingt-cinq ans et ils sont peut-être tous morts à présent. Est-ce que ce n'est pas ce que j'attendais dans le fond, qu'il n'y ait plus personne ? Pas de témoins, et surtout pas de reproches, de « Si tu n'étais pas revenue, si seulement. Si tu n'avais pas cherché à le revoir ». Je craignais leurs réactions, c'est sûr, les cris de la mère et, par-dessus tout, le visage abattu du père…

Vingt-cinq ans à esquiver les reproches. À se les adresser à soi seule, silencieusement. Est-ce que ça arrive si souvent, d'attendre que les gens meurent pour oser ? D'attendre que les gens meurent tout simplement ? Que les bouches se referment, et les paupières, sur les regards brûlants ? Que le calme revienne enfin ? Et même s'ils étaient encore vivants aujourd'hui, est-ce qu'ils réagiraient autrement ? Est-ce qu'à force, avec le temps, on voit les choses différemment ?

C'étaient des gens simples, émigrés en France à la fin des années soixante, comme des milliers de Portugais, pour trouver du travail, à moins que ce ne soit pour fuir le régime de Salazar. Que sais-je d'eux au fond, de leurs vies ? Et que savais-je du Portugal, avant de me replonger dans cette histoire ?

Un émigrant portugais donne toute sa fortune à un passeur. « Bienvenue en France ! », dit le passeur. Quelques heures plus tard, l'émigrant réalise qu'il n'est pas du tout en France comme il le croyait mais qu'il est resté au Portugal. Trop tard, le passeur a disparu avec l'argent. D'où je tiens cette histoire ?

Paris rétrécit à vue d'œil dans le hublot. On perçoit encore les déplacements des voitures, leurs croisements, mais dans quelques minutes tout sera lissé, indifférencié. La gamine à côté réclame des bonbons, de sa voix perçante de petite fille, mais l'hôtesse signale à la mère que rien n'est gratuit, low cost oblige. La mère refuse de payer, la gamine hurle.

Je l'avais imaginé autrement ce voyage. Un plus long séjour, une immersion. Une semaine, peut-être deux. Mais c'est finalement toute la place que je lui ai accordée dans ma vie, trois jours, sans compter le jour d'arrivée, tard l'après-midi, et celui du départ, tôt le vendredi. Je consulte mon agenda, lundi 10 juin, seize heures. Trois jours pour retrouver sa trace ; c'est peu, mais c'est jouable.

Et puis, il peut bien m'attendre, là où il est maintenant, un an, dix ans pour lui, qu'est-ce que ça change ?

J'adore ! Oh oui ! La vie est belle ! Dior, Saint Laurent, Calvin Klein... Déjà le deuxième passage de l'hôtesse, après les boissons – payantes –, les cigarettes sans nicotine et les jouets – la petite a recommencé à brailler en voyant les cornets en forme de Mickey s'éloigner –, c'est maintenant le tour du duty free et des billets de loterie. Un vrai bar-tabac volant.

Voyants de sécurité allumés, regagnez vos sièges et rattachez vos ceintures immédiatement, elle est vraiment obligée de nous parler sur ce ton l'hôtesse ? Moi je n'ai pas bougé, c'est à peine si j'ai eu le temps de me détacher. En revanche si quelqu'un pouvait dire à la petite à côté de se calmer et à la dinde derrière d'arrêter de raconter sa vie à toute la rangée, ça m'arrangerait. Et le pilote, il est low cost aussi le pilote ? Il se croit à la foire du Trône ? On n'a pas payé pour se faire peur mais pour aller au Portugal, qu'il arrête tout de suite de conduire ce charter comme un ULM, il n'est pas tout seul là-dedans. D'où viennent ces secousses, ils ne peuvent pas faire une annonce, expliquer ce qui se passe ? Le coffre à bagages qui s'entrouvre, non, qui s'ouvre tout à fait, une première valise – pas la mienne – qui tombe dans l'allée centrale comme un gros œuf de Pâques, une seconde, allons donc, ça doit être pour ça qu'ils demandent de mettre les liquides en soute, ils doivent penser à ce genre de situation limite. La situation est-elle limite ? Est-ce que secousses égalent nécessairement accident ? S'ils ne disent rien, c'est que c'est grave. Qu'ils veulent éviter la panique générale. Tous les coffres à bagages sont béants à présent, et ne demandent qu'à vomir leurs sacs. Les chapelets des Portugais sont tombés plus vite que les masques à oxygène. Ne pas regarder la voisine, qui se croit déjà à l'article de la mort, non madame, je vous interdis de psalmodier des Pater sous mon nez, ça n'a aucun effet rassérénant sur votre entourage ! Et la gamine, ne pas croiser les yeux de la gamine, je vais finir par lui communiquer ma peur. Coller les pieds au sol, ne faire qu'un avec l'appareil. Sourire, se concentrer sur les ados devant qui applaudissent et lancent de grands « olé ! » à chaque looping, c'est ça, on passe un bon moment tous ensemble, après on fera le grand huit, ou le train fantôme, je vais vomir, merde. Mais où est passée l'hôtesse, elle n'a plus rien à vendre ? Elle est peut-être partie négocier avec le pilote. Lui dire d'arrêter ses conneries parce que derrière, tout le monde est malade. Si l'hôtesse sourit quand elle revient, c'est que tout va bien. Non, elle fait la gueule depuis le décollage ; si elle sourit, c'est très mauvais signe au contraire.

Je me fiche de mourir. J'ai fait ce voyage pour le retrouver lui, et si c'est le prix à payer, je suis prête. Mais les autres autour, qu'ont-ils fait au juste ? La gamine, sa mère ou sa grand-mère, qu'importe, elles n'ont rien à voir avec cette histoire ! Vont-elles y rester, à cause de moi ? À moins qu'elles n'aient aussi des choses à se reprocher ? Des morts sur la conscience ? Des passifs de plus de vingt-cinq ans ? À moins qu'on ne soit tout un charter de coupables, réunis ici pour expier nos fautes ? Il n'aura pas résisté bien longtemps, mon athéisme, en plein vol, j'en suis déjà au châtiment…

J'ai fait le voyage tu vois, je suis là. Je suis venue te chercher et si tu penses que c'est le moment pour moi, allons-y.

Qu'est-ce que c'est que ce vrombissement, c'est le moteur ? Mais c'est pas vrai ! Seize heures quarante sur mon portable. Je veux vivre tu m'entends ? Vivre ! Arrête ça tout de suite…

« Mesdames, messieurs, je suis votre commandant de bord. Je vous prie de bien vouloir nous excuser pour ces fortes turbulences sur notre vol, dues aux perturbations climatiques sur les Pyrénées. Nous avons maintenant traversé cette zone orageuse avec succès, et nous arriverons même avec un peu d'avance à Porto, où la température est de dix-neuf degrés. Merci d'éteindre vos portables et appareils électroniques durant toute la phase d'atterrissage. »

L'hôtesse est réapparue, plus du tout souriante, ordonnant à chacun de garder son siège tandis qu'elle replace les bagages un à un dans un silence de mort.

Il y a les promesses qu'on ne s'est pas faites, et qu'on tiendra pourtant. Tous ces gestes qu'on n'a pas eus, ces choses qu'on ne s'est pas dites, j'aimerais te les dire aujourd'hui.

Tu m'attends, n'est-ce pas ?

Tu m'attends, là où tu es ?

2

Un mois plus tôt.

Sur le web, l'hôtel B&B recueille 556 avis favorables, une note globale de 8,8 sur 10.

Je clique sur les commentaires : «Le patron vous accueille avec un verre de porto et une part de gâteau confectionné par sa femme.» «Accueil hors norme, très chaleureux, le gérant est un homme extraordinaire ! Il chante Verdi, et pour ne rien gâcher, il est francophone.» «Conseils précieux pour visiter la ville. Wifi et parking gratuit.» Alain de Lyon regrette tout de même la situation un peu excentrée de l'établissement.

Qu'importe. Le patron parle français, il ne m'en faut pas plus. J'aurai sûrement besoin de soutien sur place, de conseils stratégiques en personne disparue. Sur la page de réservation, je renseigne mes dates d'arrivée et de départ. Cela fait combien de temps que je n'ai pas pris de vraie décision ? Une décision qui m'engage, disons, pour les six prochains mois ? Très longtemps.

À chaque fois, la main qui tremble, la voix qui vacille, et l'échéance, sans cesse différée.

On verra plus tard. Ne rien prévoir, ne surtout pas s'engager. Attendre. Attendre que les autres décident à sa place. Se laisser mener. Ne pas faire de vagues, surtout. C'est ça, pas de vagues. Profil bas. Les autres ne savent pas mieux, ne jugent pas mieux, mais au moins, c'est les autres. Qu'ils écrivent la partition, qu'il n'y ait plus qu'à jouer, c'est tellement plus simple.

Une chambre pour une personne, du 10 au 14. Sans annulation possible cette fois. Je clique sur « Réserver ».

3

Aéroport Francisco Sá-Carneiro, agence de location de véhicules. « C'est dommage, vous seriez arrivée quelques minutes plus tôt, la dernière voiture équipée de GPS vient de partir », m'annonce le commercial. De qui se fiche-t-il ? Plus un seul GPS parmi toutes les voitures alignées devant la baie vitrée ? Long soupir de l'employé. Non, non, comme il vient de me l'expliquer, plus de GPS en rayon.

Très bien, s'il le prend sur ce ton, j'irai voir à l'agence d'à côté. Je m'apprête à faire volte-face talonnée par mon sac à roulettes, mais derrière le guichet une voix me rappelle que j'ai déjà réglé la location de mon véhicule par internet, que ce soit clair, au-cun-rem-bour-se-ment ne sera possible. Je fixe le commercial, lui demande s'il lui paraît facile à lui de retrouver quelqu'un qui a disparu depuis plus de vingt-cinq ans, dans un pays étranger, et sans GPS ? Je n'ai pas le temps de finir ma phrase que je me sens rougir, une rougeur qui n'annonce rien de bien exaltant, hormis des larmes. L'agent a senti mon trouble et s'est retranché, intraitable, derrière son comptoir climatisé. Je me concentre sur l'idée qu'une fois rentrée en France, je réglerai mes comptes avec le service clientèle de cette boîte pourrie, qu'ils n'ont pas fini d'entendre parler de cette histoire de GPS. La pensée de ma vengeance différée me calme un peu. L'agent me fait signe de le suivre sur le parking et me tend les clés d'un cabriolet Audi bleu métallisé. J'ai rarement eu l'occasion de conduire un modèle aussi luxueux, mais à quoi bon si je ne sais où aller ? Je n'ai même pas un plan de Porto sur moi, juste un *Lonely Planet* planqué quelque part au fin fond du sac à roulettes, sous les tee-shirts et les chemises. Le guide comporte au mieux un zoom sur le centre historique de la ville et, dans ses pages centrales, les quelques spots touristiques. Merveilleux.

On m'avait pourtant prévenue : les Portugais conduisent vite. Très vite. Sur l'autoroute, je me fais doubler de tous côtés, on me klaxonne, on me colle aux fesses si je ne me rabats pas illico. Et ce n'est pas encore l'heure de pointe. Mais la voie est large, ensoleillée, je m'adapte au flux, j'accélère. On devait rouler comme ça en France, il y a quelques années. Avant les radars. Quand la vitesse était encore synonyme de liberté.

Vitres ouvertes, je file vers le Sud. Vers Porto, le nord du Sud.

Il voit les couleurs et la cime des arbres en frise sur le reflet des chromes de sa mob lancée à tue-tête, il voit la vitesse en tout qui l'emprunte… une grande vague creuse, un rouleau vert et jaune frappé par le soleil, et l'océan déchaîné. La vague est montée si haut, si fort. Elle a emporté tous les sacs à main, les vêtements et les fruits posés sur les rochers. Des femmes hurlent, les enfants hésitent, rire ou pleurer, observent les visages hébétés de leurs mères.

Sous les rochers, les coquillages qu'on arrache parfois, pour les voir onduler et vibrer, avant de les rejeter à l'océan. Quand ils sont encore tout petits, on les appelle les bisous, à cause du bruit de succion qu'ils font lorsqu'on les met à l'oreille, un doux clapotis, un peu écœurant tout de même, pour qui n'a jamais embrassé.

Irma crie de faire attention, qu'on ne se casse pas quelque chose, au moins. Le jeu, c'est d'escalader la pierre la plus élevée, et de faire la bombe en hurlant, pour impressionner les copains. Leur montrer qu'on prend le risque de sa vie. Qu'on est même un peu fou. Toute la petite bande est là, Manuel, Julio, Pedro et Lisa. C'est à celui qui éclaboussera le plus, qui fera le plus gros splash en arrivant dans l'eau. On remonte vite, le courant est fort, et l'eau froide, glacée, malgré le soleil blanc de juillet. Plus loin, les vagues font d'immenses rouleaux dans lesquels les plus grands se jettent et jouent à s'enlacer. La vague les séparera-t-elle ? S'ils lui résistent, c'est qu'ils s'aimeront toujours. Lui il se mariera avec Lisa. Elle lui a fait promettre, un soir, dans leur chambre, promets José, promets que plus tard on ira dans les rouleaux et que rien ne nous séparera ! Lisa est sa cousine, la fille d'Irma, on les croirait frère et sœur mais sa vraie sœur est en France, elle s'appelle Barbara. Avec une cousine, c'est pas comme une sœur, on peut jouer à être amoureux sans que les grands fassent d'histoires. Quand Lisa menace de le pousser du rocher, il l'attrape par la taille, l'entraîne dans l'eau avec lui. Concours du cri le plus strident : Lisa, haut la main. Depuis le rocher, Julio fait mine de leur sauter sur la tête, il faut vite dégager. Trop tard, Julio a bondi. Ils l'évitent de justesse en criant. Lui, il rit, boit la tasse, s'accroche à Pedro qui agrippe Lisa, qui hurle de plus belle. Tante Irma s'y met aussi, le goûter c'est maintenant ou maintenant !

Sur la pierre aplatie par le soleil, les petits molete à la mie si blanche et les confitures : tomate douce, coing. Il repousse les mèches qui ruissellent sur ses yeux, son nez, il tremble un peu, fixe ses pieds bleuis. Plage de Matosinhos, 1979. Dernier été au pays. La grande vague arrive et personne ne l'a vue venir.

4

De temps en temps, j'entre son nom dans le moteur de recherche, José Oliveira. Mais des José Oliveira, Google me signale à chaque fois qu'il en a à revendre : des footballeurs, des cyclistes, des maçons, un cardinal décédé en 1988, un accordéoniste de musette…

Je tente différentes associations avec son nom, «José Oliveira + accident». De page en page, j'arrive sur un forum communautaire, *Accidents laser*, sur lequel des patients se plaignent des services de José Oliveira, médecin ophtalmologiste, « Il m'a raté les deux yeux, ça fait beaucoup, déplore Nainchauve, surtout qu'il m'a annoncé que l'opération était sûre à cent pour cent.» «Moi, je l'ai trouvé trop froid, répond Steffi25, aucune explication avant l'opération, pas un mot réconfortant en sortant, on sent le pro qui fait ça à la chaîne», tandis que Profilsupprimé observe finement que les ophtalmos sont tous froids. Plus froids par exemple que les dermatos, ou les gynécos. C'est à se demander si on ne les prévient pas, durant leur formation, contre toute empathie avec les patients. Bonobo remercie les intervenants, il s'apprêtait quant à lui à se faire opérer de sa myopie, mais dans le doute il gardera ses lunettes.

Je m'inscris sur des sites d'anciens élèves. Détaille les fiches profils, les CV, je recoupe les informations. M'assèche les yeux sur des photos de classe, des sixièmes B, des quatrièmes C, des secondes techno, je repère des visages, liste des noms, des dates, des dizaines d'homonymes. Mais personne pour répondre aux messages que je laisse à propos de José Oliveira.

Sur les pages jaunes, je tente des requêtes plus localisées, mais là encore, pléthore d'Oliveira, comment savoir lesquels ont un lien avec lui? Qui un frère, une sœur, un cousin, un parent?

Je finis par lister la totalité des homonymes à trente kilomètres à la ronde du lieu où il vivait. Je rédige une vingtaine de lettres, adressées à chacun d'entre eux. *Cher Monsieur ou Madame Oliveira, Je suis à la recherche de José Oliveira, disparu en 1987, et qui vivait dans la région de Chermeuil. Si vous avez des informations ou si vous êtes un membre de sa famille, vous serait-il possible de me contacter? En vous remerciant par avance, Léonore Bretzer.*

Je timbre toutes les enveloppes. Mais devant le bureau de poste, je sèche. Pas le cran de les expédier. Je serre la liasse des courriers dans ma main. En éprouve le volume, le tranchant des arêtes. Finis par la reposer dans la boîte à gants de la voiture. Je n'y pense plus. Plus du tout. Quelques semaines plus tard, les lettres ont disparu. Plus moyen de me rappeler si je les ai changées de place.

Je décide d'appeler directement les personnes indiquées sur les pages jaunes, de joindre chaque Oliveira *un par un*, mais au moment de composer les numéros, je me paralyse. Est-ce bien le genre de choses qu'on peut expliquer par téléphone ? Est-ce vraiment une façon de procéder ?

Quelques mois plus tôt, j'ai contacté la presse locale, demandant de faire une recherche d'articles dans leurs archives, en indiquant une date approximative. Le journal n'a jamais répondu, malgré le chèque envoyé, et je n'ai pas pris la peine de vérifier s'il avait été encaissé.

Des soirées entières, j'erre à sa recherche sur le web.

Je tape, « Retrouver une personne disparue », ou alors, « Comment savoir où quelqu'un est enterré ? »

Sur internet, pas besoin d'explication, personne devant qui se justifier.

Des forums entiers se consacrent à la question, les gens postent leurs messages comme des bouteilles à la mer, « Je recherche mon grand-père, David Francis, je ne l'ai pas revu depuis dix-huit ans, je n'ai plus aucun moyen d'entrer en contact avec lui. Comment savoir s'il n'est pas décédé ? » Ou encore, « Mon amie d'enfance s'appelait Colette Lelièvre. J'ai appris qu'un cancer l'avait emportée et j'aimerais me rendre sur sa tombe. Connaissez-vous les démarches à entreprendre ? »

Un soir enfin, je tombe sur ce commentaire, laconique : « Pour savoir où quelqu'un est enterré, il vous suffit de vous procurer son acte de décès. Il est délivré par la mairie de la ville où la personne résidait. »

C'est si simple finalement ?

N'importe qui a accès à ce genre de document ?

J'ai du mal à patienter jusqu'au lendemain matin pour contacter la mairie de Chermeuil.

J'envoie un mail pendant la nuit et la secrétaire de mairie est déjà informée de ma démarche lorsque je la joins enfin le matin au téléphone.

Elle m'assure aussitôt que José Oliveira, décédé le 8 septembre 1987, s'il a bien habité la commune de Chermeuil, est mort à Créteil, c'est de cette municipalité que je dois me rapprocher. Merci, merci mille fois, je bredouille. En vingt-cinq ans, c'est la première fois que j'entends prononcer le nom de José Oliveira, et même si c'est pour m'indiquer une date et un lieu de décès, c'est un premier pas.

Une façon de l'évoquer, lui, avec quelqu'un qui ne l'a sans doute pas connu, mais qui travaille dans la ville où il a vécu. Ce n'est pas grand-chose mais c'est énorme, comme si on m'annonçait que je n'avais pas rêvé pendant toutes ces années, que oui, José Oliveira a bien existé puisqu'il est mort, que des dates sont consignées, des noms, une ville. Il a bien existé et c'est une partie de ma vie qui ressurgit, effaçant en quelques secondes vingt-cinq ans d'amnésie.

5

Hôtel de ville de Créteil, service des naissances et des décès.

On me confirme par téléphone que je peux faire une demande d'acte de décès en ligne, j'aurai une réponse sous dix jours.

Et en me rendant sur place ?

Si vous venez aujourd'hui, vous l'aurez immédiatement, m'assure mon interlocutrice. Et puis, vous avez de la chance, on ferme à dix-huit heures ; le jeudi, c'est nocturne à la mairie de Créteil.

Ligne 8, Créteil-Préfecture. Je ne me souviens pas avoir déjà mis les pieds à Créteil. Pour moi, avant d'être une ville, Créteil est une académie. À éviter ab-so-lu-ment. La hantise des profs stagiaires.

Les rumeurs à l'IUFM, Créteil, Versailles, leurs collèges pires que des prisons, les élèves infernaux. Créteil : risque de dépression avant même d'avoir mis les pieds dans une classe. J'avais finalement été nommée dans le Nord. Professeur d'arts plastiques : vingt classes par semaine, une heure pour chacune, réparties sur deux collèges différents, éloignés de soixante kilomètres l'un de l'autre. La route, beaucoup de route, les menaces d'arriver en retard à cause d'une départementale gelée, les cabines téléphoniques à trouver pour prévenir à temps le collège… Voyant que je ne rechignais pas devant les kilomètres, l'Éducation nationale m'avait ensuite proposé un premier poste, de « brigade volante », qui consistait à papillonner de collège en collège, au gré des absences et des congés maladie des uns et des autres. Des centaines d'enfants, des noms impossibles à retenir et des visages. Ça oui, je me souvenais des visages.

Je traverse Créteil Soleil, le centre commercial situé en face du métro. H&M, Éram, Subway, McDo et toute la clique. Je passe un dédale de béton et émerge sur une esplanade entièrement carrelée, dont la seule aspérité est un bâtiment cylindrique, pur produit des années soixante-dix, plus proche d'un Rubik's Cube qui aurait perdu ses couleurs que d'un hôtel de ville.

— Répétez-moi comment s'appelle cette personne ? s'enquiert l'employée de mairie derrière son guichet seventies.

— José Oliveira.

José Oliveira. Plus je prononce son nom et plus il existe. Sa présence à mes côtés est presque palpable ce matin. Il se penche avec moi au-dessus du bureau des naissances et décès de l'hôtel de ville. Il m'encourage, comme dans ce film allemand où les anges observent les hommes et les accompagnent sans pouvoir leur parler.

Je pense souvent à ce film, *Les ailes du désir*, quand je prends le métro, quand je marche dans la rue, des anges nous suivent, saisissent des bribes de nos pensées, de nos voix intérieures, et l'ensemble forme un chant précieux, une symphonie humaine. Ça m'arrive de plus en plus souvent, de vivre dans un film. Souvent je suis Juliette Binoche dans *Bleu*, j'ai perdu mon mari, mes enfants, je plonge dans une piscine transparente et il n'y a que l'eau pour me retenir. L'eau pour ressaisir les mille petits bouts de soi éparpillés. Mes bras fendent silencieusement le liquide chloré et pendant un moment je ne suis plus que cela, des bras fendant la surface, des jambes me propulsant vers l'avant, et le plaisir de sentir mes fonctions corporelles s'exercer sans entrave, aidées, portées par l'eau. Non, je suis plutôt Fanny Ardant dans *La femme d'à côté*, je ne veux plus jamais entendre parler de ce lourdaud de Depardieu, je fais comme si je ne l'avais jamais rencontré, je donne le change, je suis forte. Pourtant, pas moyen de m'en empêcher, je finis par le rappeler… L'employée de mairie entre les données dans son ordinateur et, en quelques secondes, m'imprime un document qu'elle me tend sèchement. *S'il vous plaît.*

L'acte de décès, c'est à peine quelques lignes, fines et fragiles, flottant au milieu d'un format A4. En toutes lettres, la date, l'heure, le lieu du décès, suivis d'une collection de noms et prénoms que je ne lui connaissais pas, Fernando Augusto Pedro… Domicile, date et lieu de naissance. 1967 à Lever, Vila Nova de Gaia, Portugal. Enfin les noms des parents, sa profession et son état, célibataire. La déclaration est signée Jean-Claude X, officier d'état civil. Aucune indication sur le lieu d'inhumation.

Je tends la feuille à l'employée de mairie :

— Il manque le lieu où la personne a été enterrée… sur un acte de décès, c'est quand même le minimum, non ?

— Le décès date de quelle année ?

— 1987.

L'employée soupire et se lève, consulte une de ses collègues, concentrée un peu plus loin sur son PC. Elle lui explique ma requête, toutes les deux hochent la tête dans ma direction. L'employée revient vers moi.

— Nos archives ne remontent pas si loin. Le décès a eu lieu il y a trop longtemps.

— Trop longtemps ?

— 1987, ça fait plus de vingt-cinq ans ! Nous,

au bout de quinze ans, c'est fini, ça disparaît des registres.

— Mais ces archives sont bien conservées quelque part ? Il y a forcément une trace !

— Puisque je vous dis que c'est fini…

Sa collègue la rejoint :

— Pardonnez-moi mais quelque chose m'échappe… Cette personne avait bien des parents, une famille, pourquoi ne pas vous adresser directement à eux ?

Les deux fonctionnaires m'examinent.

À propos.

Dites donc !

Pourquoi vous ne contactez pas directement la famille ?

Ce ne serait pas plus simple ?

Plutôt que de contrarier tout le monde à la mairie de Créteil !

Vingt-cinq ans, cela fait plus de vingt-cinq ans. Pas le choix. Je biaise, « C'est que… ils sont tous morts ! »

Les deux employées échangent un regard fatigué, le bureau des cas désespérés, ce n'est pas ici ; elles, elles transmettent des actes de naissance et de décès, pour le reste…

Je pourrais filer doux, les remercier et m'éloigner. Sonder d'autres pistes. Mais je le sens, derrière moi, lui, qui me dit d'insister, ne pas abandonner si facilement la partie, « Il était d'origine portugaise. Je pense que le corps a dû être transféré quelque part, là-bas… »

La tournure internationale de l'affaire ne semble attendrir personne à la mairie de Créteil. Ils en ont vu d'autres.

Je continue.

« Il n'y a pas moyen de savoir dans quelle ville son corps… Enfin, vous n'avez pas quelque part dans vos dossiers, je ne sais pas… un récépissé, un bon de transport ? »

Je réalise aux mines compassées des employées que je viens de franchir une limite regrettable. Un bon de transport, quelle idée ! Et pourquoi pas un Colissimo tant qu'on y est ? Une boîte de cendres, qui attend bien sagement son destinataire. Depuis un quart de siècle.

« Si vous pensez que cette personne a réellement été inhumée au Portugal, pourquoi ne pas vous rendre directement sur place ? Ils vous renseigneront sans doute mieux là-bas… »

J'ai l'air de quoi ? De quelqu'un qui n'a que ça à faire ? Sillonner le Portugal à sa recherche ? Il vivait en France tout de même. Et il est mort ici. On devrait pouvoir m'éclairer ! Pas le temps de protester, l'employée me fait signe de libérer la place. Un homme s'impatiente derrière moi.

Je me retourne et croise des yeux aussi embués que les miens, pour d'autres motifs.

« C'est moi le papa ! Je viens déclarer la petite… »
Aucune envie d'en entendre plus.

Je pose mon sac sur une table basse en formica beige, assortie au bâtiment. Pourquoi ne pense-t-on pas à fournir également des tenues seventies au personnel, ça atténuerait peut-être la sinistrose ambiante. Une femme assise à la table d'à côté se tient la tête entre les mains. Elle est voilée, une longue jupe dépasse de sa veste foncée.

Je cherche son regard, j'ai besoin d'un peu de compassion, un simple regard suffirait. Elle lève des yeux rougis vers moi. Que fait-elle ici ? Un décès à déclarer ? Elle répond tristement à mon sourire.

Je relis mon certificat, espérant lui faire dire ce qu'il ne dit pas. Naissance, mort, entre les deux, une adresse, un métier…

Est-ce tout ce qui reste de José Oliveira pour l'administration ?

N'est-il nulle part précisé comme ses hanches étaient fines, comme ses épaules étaient souples, ni qu'il avait le teint clair et lisse des gars du Sud ?

Et moi, est-ce tout ce que j'ai retenu de lui ?

Combien de fois ai-je essayé de le dessiner, de retrouver ses traits, ressaisir son image, ne pas le voir disparaître tout à fait, n'aboutissant jamais qu'à des figures figées, stéréotypées, des sortes de portraits-robots dont les traits, secs, sans vie, sont petit à petit venus se superposer à mes souvenirs, finissant par les gommer tout à fait.

À quoi ont servi toutes ces années aux Beaux-Arts ? Ces centaines d'heures de cours de dessin ? Les formes, les grandes formes, scande la voix d'Ismaël, notre prof de modèle vivant, à travers l'atelier. Odeur de vernis, papier, craie et térébenthine. Saisir l'essence des choses, c'est en saisir les grandes formes, poursuit Ismaël. Ne vous perdez pas dans les détails inutiles, allez à l'essentiel, la vérité n'est pas dans la partie mais dans le tout !

J'échange un sourire avec Véronique, le modèle qui se prête chaque semaine au jeu de la pose, nue, nos chevalets en rangs de bataille autour d'elle.

La blouse grise et les hautes moustaches d'Ismaël s'approchent de mon chevalet, « Combien de fois faudra-t-il vous répéter, Bretzer, de ne pas commencer par dessiner les yeux ! Ni le nez ! Ni la bouche ! Plissez vos paupières Bretzer, allez-y, plissez-les ! Et alors, que voyez-vous ? Deux ou trois grandes formes tout au plus ! Le tronc, la tête, et les jambes repliées. Quand vous m'aurez déjà placé tout ça, on reparlera des yeux ! Allez allez, retrouvez-moi cette gomme mie de pain, on reprend à zéro ! N'ayez pas peur de la feuille blanche, Bretzer, ce sont vos traits qui vont l'animer, la faire vivre, la faire vibrer ! »

Les mains noircies par le fusain, les yeux plissés, je souligne, je cherche une vérité, celle du corps : la comprendre, la sentir dans un trait, ne serait-ce que quelques instants. Je me lève, pour donner plus d'amplitude au geste, lignes, points de fuite, cercles, Véronique disparaît. Elle n'est plus qu'une combinaison géométrique unique à saisir, à déchiffrer.

Toussotements d'Ismaël, « Dessin de caractère Bretzer, vous nous faites du dessin de caractère. » Impossible de savoir ce que ça signifie dans la bouche d'Ismaël. Où place-t-il le dessin de caractère dans son échelle de valeurs menant au grand dessin, le « Disegno » comme il aime à le répéter en faisant traîner le *e* du milieu ?

Dessin de caractère, soit.

Moi qui n'en ai aucun, ça m'arrange.

De caractère.

Mairie de Créteil. Je lève les yeux vers la femme voilée, qui se tord nerveusement les doigts.

Si je devais la dessiner, je commencerais par ses mains, oui, au grand dam d'Ismaël, les mains. Et ce serait loin de n'être qu'un détail, dans cette silhouette ample, mais la seule partie du corps restée visible, restée vivante, avec le regard…

L'atelier me manque, ses murs beiges, tachés de pigments, criblés de trous de punaises, de clous arrachés. Les éviers émaillés débordant de bacs de peintures salies, mélangées. Jusqu'au carrelage ébréché, éclaboussé de teintes bleues, mauves, taches colorées qui composent au sol le plus aléatoire des drippings…

Deux ans après mon entrée aux Beaux-Arts, la section peinture de l'école avait fermé pour être remplacée par un atelier vidéo, et Ismaël avait pris sa retraite. C'était le début des années quatre-vingt-dix, on disait la peinture morte, finie, on ne jurait plus que par les nouveaux mediums, la vidéo, l'art numérique. L'abandon de la peinture avait entraîné une génération de peintres mort-nés, tandis que les vocations de vidéaste se multipliaient. Il semblait si simple de filmer. Nous nous étions tous équipés de petites caméras, nous enregistrions tout, tout le temps, des heures et des heures d'images, perdues dans des cassettes, que personne n'aurait jamais le temps de visionner. Moi aussi je filmais, mais ça n'empêchait pas ce frémissement dans la main, devant un bon morceau de peinture, de dessin, dans un musée, une expo. L'envie de comprendre, de délimiter le monde par le geste. J'évitais surtout de penser aux pots de couleurs empilés au fond des armoires, que je n'avais pas pu me résoudre à jeter. Mes peintures, délaissées, mes flacons de pigments, livrés à eux-mêmes sur de sombres étagères. J'imaginais parfois leurs pâtes figées, durcies, irrécupérables, les pinceaux et les brosses collés entre eux, déformés à force de ne pas servir, d'être stockés dans des seaux où ils étaient malmenés, tordus : inutiles.

La femme voilée me lance un regard désolé, ses belles mains entrelacées devant elle.

Sur mon smartphone, j'entre le lieu de naissance de José, « Lever, Vila Nova de Gaia, Portugal ».

C'est au nord, près de l'océan.

À seulement quelques kilomètres de Porto. Je ne suis jamais allée à Porto.

Ramasse, ramasse ! Ouvre les yeux, petit, il en reste, là-bas ! Ramasse, ne laisse rien à ces foutus volatiles, hein ? Ils nous en ont déjà suffisamment bouffé ! Dans le seau presque plein, les grappillons de raisin tombés à terre, ou ceux oubliés par les vendangeurs sur les souches les plus basses. Lisa s'est dissimulée derrière un arbuste, quelques rangées plus loin. Il aperçoit son foulard noir, laissé à terre. Il se glisse près d'elle, ce serait notre cabane, non, ce serait notre chambre. Les petits glaneurs ont le droit de croquer autant de raisin qu'ils veulent. Les grains ne sont pas tout à fait mûrs, leur acidité coule le long des lèvres et dans la gorge. Ils mordent à même la grappe, à même la vigne. Tu connais le baiser au goût raisin ? José et Lisa croquent la même grappe, jusqu'à ce que leurs bouches se frôlent. Traversés par une même onde électrique, ils se lèvent aussitôt. Il saisit le seau bien plus lourd que lui. Progresse cahin-caha jusqu'à la charrette dans laquelle Abdel vide la récolte en sifflotant.

Danse danse petite dame !
Danse danse pour le vin du Douro

Le passage devant la maison est couvert de treilles autour desquelles la vigne vient s'enrouler. La vigne qui dès juillet enveloppe toutes les allées du village d'un long toit végétal. Les lourdes grappes, les grains plus que bleus à force de soleil et de vent, l'odeur chaude et sucrée du raisin. Après la cueillette, le foulage. D'abord se laver les pieds, puis relever ses pantalons et ses jupes bien haut, pénétrer dans le grand bac qui fait office de cuve. Dansez les enfants, dansez ! Sous les pieds, sensation épaisse, une mélasse tiède. Dansez ! Quand les pantalons sont souillés, trop lourds, on les ôte. Lui, il finit immanquablement en slip, devenu aussi mauve que ses jambes, et immanquablement les filles lui glissent des grappes dans les fesses. Quand il sent les grains mous, gluants, s'infiltrer dans son dernier vêtement, vaillamment il siffle en chœur, avec les autres. Le jus pénètre jusqu'en dessous des ongles, teinte les paumes, les plantes des pieds. Les tatouages mauves, quasi indélébiles, durent au moins jusqu'aux fêtes de Fátima.

Danse danse petit bonhomme !
Danse danse pour écraser les grappes
Danse danse petite dame !
Danse danse pour le vin du Douro

6

Qu'est-ce qu'on trouve, sur une tombe ? Un nom gravé sur une pierre ? À quoi ça va t'avancer ? Jef joue avec son borsalino sur la table. Fait signe au serveur, deux demis s'il vous plaît.

— J'ai besoin d'y aller.

— Tu ne peux pas te contenter du vivant plutôt que de jouer les pleureuses ? Qu'est-ce qu'il te reste de lui ?

— Quelques souvenirs, très peu…

— Ce sont les souvenirs qui comptent, ce que vous avez partagé, le reste, tu t'en fous, non ? Qu'est-ce que ça signifie ? Ce n'est rien, un bout de pierre, un peu de terre…

Je pourrais protester mais je me tais. C'est parce qu'il est capable de me parler sans détour que je me confie si facilement à Jef. Parce qu'il ne se laisse pas impressionner par mes états d'âme. Et qu'il répond toujours présent pour un verre en ville, même un dimanche, comme ce soir. Mais ce soir, je résiste aux arguments de Jef. Je vais y aller, je répète, je dois y aller.

— Que vas-tu chercher là-bas ?
— Ce qui me manque, j'imagine.
— Et Laurent, il prend ça comment ?
— Laurent ? Il n'a rien à voir avec cette histoire…
— Ah ?
— Et puis, on n'est plus vraiment ensemble Laurent et moi. Enfin, si on l'a jamais été…

Changer de sujet. Vite. Laurent n'est pas un sujet de conversation. Quelque chose de pas clair, de mal défini. De pas assumé.

Laurent, quel Laurent ? Celui avec qui j'ai encore passé la nuit ? Non, on n'est pas vraiment ensemble avec Laurent. Ne m'embêtez plus avec ça, si on parlait plutôt de poésie ? Manœuvrer habilement vers le sujet préféré de Jef. Au fait Jef, tu écris quoi, en ce moment ?

Quarante ans que Jef écrit comme il se lève, chaque matin. Il ne cherche pas à faire lire à qui que ce soit, sauf si on insiste. Il lui arrive alors de sortir un feuillet de sa poche de veston et d'en lire quelques mots, comme un cadeau improvisé. Jef écrit pour lui, pour se comprendre dit-il. Et comprendre les autres, comprendre la vie.

Ce soir Jef parle de la langue, celle que nous partageons tous, de sa difficulté à inventer une parole qui s'affranchisse des clichés, des lieux communs. Je ne suis pas d'accord avec lui, pour moi ce sont justement les clichés, les banalités que nous répétons tous qui sont intéressants, parce qu'ils parlent de nous, de nos impossibilités, de nos empêchements.

Pour Jef, l'enjeu, c'est retrouver une voix d'enfant, une voix enfouie dit-il, juste, naturelle.

— Tu crois vraiment que les enfants sont naturels ? Est-ce qu'ils ne passent pas leur temps au contraire à singer les adultes ?

Nous commandons un dernier verre.

— Tu me lis quelque chose ?

Les yeux de Jef sourient tandis qu'il se lance, de sa belle voix grave :

— *C'est dimanche*
Et je n'y suis pour rien.

— Tu te mets au haïku ?

— Les haïkus sont composés de trois vers ! Non, c'est juste ce qui me vient, à t'écouter, Léonore…

Je souris.

— C'est étrange, je ne me sens pas du tout reliée à cette fille que j'ai été, au moment… enfin, quand tout ça a eu lieu. Je n'ai plus rien en commun avec cette adolescente… c'est comme si nous étions deux personnes différentes. À tel point que je me demande si c'est bien moi qui ai vécu tout ça. Et toi Jef, tu te souviens ?

— De mon adolescence ? Bien sûr, j'ai l'air si vieux que ça ?

— Il te reste des souvenirs précis ?

— Le jour où mon père m'a fichu dehors. J'ai pris le premier train pour Toulouse, je voulais juste me tailler le plus loin possible, ne pas être tenté de revenir.

— Est-ce que tu te rappelles ce que tu as ressenti ? Le regard de ton père ? Les paroles qu'il a eues ?

— Je me souviens surtout du cadre sur le mur. Enfin, du sous-verre qui contenait une photo, ou une reproduction de peinture, je ne sais plus ce que ça représentait vraiment mais mon père l'aimait beaucoup. Ce cadre était suspendu au-dessus du guéridon, dans l'entrée. Avant de quitter la maison, je l'ai décroché et je l'ai jeté au sol…

Le borsalino se contracte sous les doigts de Jef. Son sourire aussi.

— Je me souviens du son du verre qui éclate sur le carrelage, de cette impression de tout maîtriser tout à coup, alors que mon geste prouvait le contraire… C'était ça ou lui péter la gueule, alors ça a été le cadre… Mais le visage de mon père, non, je ne sais plus…

— Le visage, tu crois que c'est la première chose qu'on oublie, ou la dernière ?

Perdu dans ses pensées, Jef ne répond pas. Il remet machinalement le feutre maltraité sur son crâne.

Au moment de nous séparer, il me glisse :

— Si tu la retrouves, cette tombe, il faudra bien que tu y graves quelque chose, toi aussi…

7

Le mythe dit que les morts, après des siècles en Enfer, pouvaient aspirer à une nouvelle existence et revenir sur terre. Mais avant cela, ils devaient se débarrasser des miasmes de leurs anciennes vies, et traverser l'un des cinq fleuves des Enfers, le Léthé, ou fleuve de l'oubli. L'eau du Léthé était censée provoquer l'amnésie. Pourtant, certains souvenirs persistaient et venaient se mêler, encore longtemps après, à ceux des vivants.

J'aimerais tremper les mains et les cheveux dans le fleuve, m'y dénuder et m'y plonger tout entière, pour oublier, moi aussi. Au lieu de cela, je suis restée seule sur la barque. Personne ne m'attend, ni d'un côté, ni de l'autre. Sur l'autre rive, j'entends les rires de ceux qui ont passé le fleuve, leurs cris, insouciants.

Je n'ai pas su choisir mon camp. J'erre dans cet entre-deux, entre oubli et mémoire, un no woman's land. Des dates, des faits, des lieux, des témoins, des images, je manque de preuves.

8

La réputation du gérant du B&B n'est pas surfaite. Le patron m'accueille avec un carafon de vin de Porto et une part de gâteau. Il m'a réservé une des chambres les plus calmes, sur l'arrière, m'assure-t-il en hissant mon bagage jusqu'au deuxième étage. La porte de la chambre s'ouvre sur une enfilade de pièces claires et fraîches.

— Qu'est-ce qui vous amène ici ? me demande-t-il.

— Ne le prenez pas mal mais je recherche une tombe.

Il sourit :

— À Porto ? J'espère que vous avez du temps devant vous, Porto compte plus de cimetières que de bistrots.

— J'ai trois jours.

Le gérant trinque avec moi, comme il a déjà trinqué avec des centaines de clients, qui lui ont laissé des centaines de commentaires sur la toile,

« Quel accueil, le patron vous offre l'apéritif ! » Je sens le porto blanc réchauffer mon sang de fille du Nord.

— Un autre ? me propose le gérant en levant le carafon.

— À sua saúde !

Ce soir, je bois pour m'intégrer, je bois pour me fondre dans le décor, je bois en pensant à celui qui peut-être, là-bas, m'attend encore.

Dans ma chambre, impossible d'obtenir le wifi. Je me douche, me scrute dans le miroir de la salle de bains. Trop maigre, pas jolie. Les seins, ça va, le reste, pouah. Un visage aux traits si fins qu'ils se sont affaissés précocement, une bouche que la loi de la pesanteur n'a pas épargnée non plus. Tu ne t'aimes pas, me dit souvent Laurent. Quarante ans, et encore un corps d'ado. Quarante années qui n'ont rien enfanté, des hanches qui ne se sont pas épaissies, un ventre qui ne s'est jamais arrondi sous les caresses d'un homme. Cet enfant que me réclame Laurent depuis des mois, une petite fille à frange, sourit-il, comme toi. Laurent. Est-ce qu'il croit m'émouvoir ? Un malaise lorsque je pense à lui. Quand on parle d'enfant, en général, c'est le signal. Quelques semaines après, il n'y a plus personne. Je n'ai encore rien dit à Laurent, j'étais sur le point de le faire, avant Porto. Un enfant, mais pour quoi faire ? Ne plus penser à ça. J'éteins la lumière de la salle de bains, m'enroule dans la grande literie de l'hôtel B&B. L'avant-saison est fraîche à Porto ; demain, penser à sortir le petit gilet du sac. Le noir.

Tu n'as pas le droit de rester là ! José ! Si ta tante te voit, c'est moi qui vais prendre ! Tu m'entends ? José ! L'oncle Abdel le gronde mais c'est pour la forme. Il le laisse volontiers approcher de l'établi. À l'atelier, Abdel scie, rabote, lime. Abdel chantonne. Lorsqu'Abdel a le dos tourné, lui en profite pour caresser les outils du bout des doigts. Abdel lui laisse ramasser les chutes de bois, et avec la colle de peau, s'inventer des jouets. Une charrette, comme celle du marchand de sardines, qui siffle en ralentissant devant la maison. Une mobylette, comme celle d'Abdel, avec laquelle son oncle dévale entre les vergers, la chemise pleine de fruits glanés pour eux, coings, prunes, abricots…

Encombré, toujours encombré cet atelier, râle Irma, *moi, si c'est pour voir tout ce bazar, je n'y mets plus les pieds.* Planches, cageots, objets hors d'usage en attente d'être retapés, l'atelier est leur paradis. Tous ces après-midi avec Abdel, dans les odeurs de sciure. Jusqu'à ce jour, où tous l'avaient entendu hurler. Une lourde caisse avait basculé de l'étagère où elle était posée, mal posée, à côté d'autres pièces. La lourde *caisse, Abdel l'avait reçue sur la tête. Ce cri qu'il avait eu en sortant de l'atelier, «Je vais crever, je vais crever...» Les secours avaient mis du temps à arriver, beaucoup trop de temps. Tout est tellement plus lent là-bas, sur les routes les caillasses roulent moins vite, jusqu'au fleuve, le Douro, qui ne se presse jamais pour rejoindre l'océan. Tout y a un goût de sablier, de temps empêché, un goût de mille ans en arrière. Mille ans, c'est au moins le temps qu'avaient mis les pompiers à arriver, et quand ils furent enfin sur les lieux, Abdel avait cessé de crier, il n'y avait plus rien à faire. Les voisins étaient venus aux nouvelles, et ils avaient aidé à transporter Abdel qui n'était déjà plus Abdel, jusque sur son lit. Lui, il est resté planqué dans l'atelier, plusieurs heures à contempler la caisse maudite, celle qui avait provoqué tout ça. Elle était à terre, aussi idiote qu'une chose, et il avait beau la regarder, la fixer, rien n'en sortait, aucune explication, aucun éclaircissement, elle bouchait l'entrée de l'atelier et puis c'était tout. Quelqu'un avait fini par venir, avait ramassé l'objet et l'avait emporté loin d'Irma, pour qu'elle ne puisse pas, comme lui, passer toutes ces heures, yeux incrédules, gorge sèche, accroupie à en avoir mal aux genoux, à fixer la cause du désastre.*

Il n'était plus là quand Irma était retournée à l'atelier, il l'avait attendue pourtant, guettée, suivie pendant des jours, il ne voulait pas la laisser seule sa tante Irma, mais il y avait eu l'école après ça, les copains qui étaient venus le chercher, allez viens, c'est pas en restant là que tu vas le faire revenir ton oncle Abdel. Un soir, il avait retrouvé l'atelier rangé, nettoyé, l'établi replié, la crasse et les objets qui encombraient le sol et les murs avaient disparu, Irma était passée par là, et il ne saurait jamais ce qu'il lui en avait coûté.

9

Il suffit de prendre l'autoroute en direction de Lisbonne, puis de suivre le fleuve, me rassure le gérant dans un français impeccable. Il me confie une carte de la région, sur laquelle il a balisé mon parcours au Stabilo, si avec ça je ne m'en sors pas…

Je réagis un peu tard pour le premier embranchement, heure de pointe, l'autoroute est bondée. Je me retrouve en direction de Lisbonne, repars dans l'autre sens pour Braga, manque encore la sortie… Combien de routes, d'autoroutes, pour arriver jusqu'à lui ? Combien d'IP6, d'IC1, réputées pour être les plus dangereuses du Portugal ?

Gondomar, Valongo, Maia, Sandim, j'avance, mais dans quelle direction ?

Crestuma, je cherche Crestuma, le seul cimetière indiqué sur ma carte aux alentours de Lever.

Suivre le fleuve m'a dit le gérant, quitter la voie principale et rejoindre la contre-allée.

La route tourne, monte, descend, puis tourne encore…

Camions croisés roulant à folle allure sur la bande blanche, dévalant à tombeau ouvert les berges du Douro.

Enfin São Martinho et une pancarte sur la gauche : Crestuma.

Si près du but.

Se calmer.

Ne pas arriver dans cet état-là.

Je m'arrête dans un bar à São Martinho.

On m'apporte un café. Percolateur, frigo, clim, télé, tous les bruits se mêlent.

Un homme passe en secouant une boîte de conserve avec quelques pièces de monnaie.

Trois autres discutent, on pourrait croire qu'ils s'insultent mais non, leurs bouches ne paraissent pas déformées, leurs visages ne sont pas contrariés, ils ne menacent personne, le son de leurs voix est un peu plus élevé qu'en France, c'est tout. J'entends futebol, j'entends festa, j'ai lu quelque part que lundi prochain se tiendrait la grande fête de Porto, feux d'artifice sur le Douro, lancers de ballons…

Aux toilettes, je procède aux dernières vérifications, suis-je bien présentable ? Je tire sur ma robe, légèrement trop courte, reboutonne ma veste de jean. J'ai mis mes ballerines rouges, mes préférées. Aussi fébrile qu'une adolescente de quinze ans.

Crestuma enfin. Pour parvenir au cimetière, garer la voiture face à l'église. Vue imprenable sur la vallée de Gaia, ses cépages en terrasses. Le Douro irrigue jusqu'aux dernières collines, vertes, luxuriantes. Je croise une gamine d'une douzaine d'années, « Cemitério ? », « Tu suis simplement la route », me répond-elle en français.

Quelques maisons individuelles, les chiens aboient sur mon passage, s'excitent entre eux et gueulent de plus belle.

Des femmes qui descendent peut-être du cimetière me dévisagent de la tête jusqu'aux souliers rouges. Aussitôt, je me vois telle qu'elles me voient : incongrue. Qu'est-ce que je fiche ici, quelle géhenne suis-je venue raviver ? Est-ce qu'on ne dit pas « reposer en paix » ? Est-ce que je ne peux pas, juste, le laisser reposer en paix ?

Et si je ne le trouvais pas ? Si j'étais venue pour rien ? Juste avant d'atteindre le cimetière, j'envisage pour la première fois cette possibilité. Jusqu'ici, ça ne m'avait pas effleurée, comme si mon premier geste pour le rejoindre allait déclencher tous les suivants. Comme si une autopista, même encombrée de fous me doublant de tous côtés, allait me mener directement jusqu'à lui.

Les grilles en fer du cimetière sont entrouvertes ; juste à côté, un bâtiment ocre, probablement la mairie de Crestuma.

J'entre dans la mairie, personne.

Jeanne. Jeanne et sa sœur jumelle. Toutes les deux françaises d'adoption. Pourquoi penser à mon amie Jeanne maintenant ? Jeanne et sa sœur ont fait le voyage jusqu'en Corée du Sud il y a quelques années, à la recherche de leurs parents biologiques. Grâce à un réseau d'entraide franco-coréen, les deux sœurs avaient pu rapidement retrouver leurs parents. Ils les avaient d'ailleurs accueillies avec joie. Leur avaient expliqué les raisons de l'abandon, la grande pauvreté, d'autres enfants déjà, et l'arrivée de ces deux petites filles qu'ils n'avaient pas les moyens de nourrir. Depuis, leur situation s'était améliorée et ils n'avaient cessé de penser à elles. Ils avaient offert à chacune une bague en or, ainsi qu'une robe de cérémonie. Elles avaient fait la connaissance de leurs frères, sœurs, cousins, cousines…

Rentrées en France, les relations avec la famille coréenne s'étaient estompées, une carte de temps en temps, oubliée une année sur deux… Plus d'appel, ni d'autres envies de voyage. Mais mon amie avait décidé d'assumer ses origines coréennes, elle avait fait siennes certaines règles d'hygiène, d'alimentation de son pays natal… Elle m'avait expliqué que ce court séjour avait suffi. Elle et sa sœur savaient désormais d'où elles venaient, elles connaissaient leur histoire, elles n'en demandaient pas plus pour pouvoir continuer à vivre.

Le cimetière de Crestuma est construit à flanc de montagne, sur deux niveaux. Je dois m'y prendre avec méthode si je ne veux rien laisser de côté : aucune parcelle, aucune tombe.

Quadrillage rapide des lieux. Commencer par la partie droite de l'allée, en contrebas, puis remonter progressivement vers la gauche.

Les sépultures sont couvertes de bouquets clairs, fraîchement cueillis, de cierges dont les flammes fragiles sont protégées du vent par des cartouches de plastique rouges, de plaques funéraires et autres stèles, presque toutes accompagnées de portraits.

Puis-je me fier aux photos ? Saurais-je seulement reconnaître son visage ? Je ne veux prendre aucun risque, je préfère vérifier tous les noms, un par un, tombe après tombe.

Mario de Oliveira, mort en 1983. Fernando Oliveira, né en 1936, trop vieux. Jean Sousa Oliveira, mort en 1897, Joachim de Oliveira, mort en 1907… Tous les Oliveira se sont-ils donné le mot pour être enterrés ici ?

À quelques allées de là, deux femmes se tiennent courbées sur un caveau, l'une remplace les fleurs abîmées par de plus fraîches, l'autre rince le marbre à la serpillière avec un balai de caoutchouc. Ce geste domestique me trouble, dans un lieu aussi chargé. La dalle semble aussi rutilante qu'un carrelage de cuisine neuve. Ne pas se laisser distraire, se concentrer sur les prénoms, les dates. À mon père Bernardo, à ma tante Helena, à ma grand-mère Suzana…

À l'écart, une simple pierre blanche, pas

d'inscription, ni de fleurs. Le portrait est celui d'un jeune homme, à peine plus âgé que José ne l'était.

Fabio, Augusto, Armindo, encore et toujours des Oliveira…

Le piaillement des oiseaux se mêle au glissement de mes ballerines sur les tommettes grisées.

Pedro, Anselmo, Vittorio…

Un mur de casiers de bois clair longe l'allée. Aucune inscription sur les portes. Pourvu qu'il n'ait pas été incinéré. Qu'on ne me prive pas de tombe. J'entends la voix de Jef, « Mais que vas-tu chercher là-bas ? Un nom gravé dans la pierre ? »

Je progresse de tombe en tombe, c'est juste un coup à prendre. J'en enjambe une sur la droite, désolée messieurs dames, une autre à gauche, je ne fais que passer, vous n'auriez pas croisé un José Oliveira par hasard, décédé en 1987 ? Ça ne vous dit rien ? Vous étiez déjà là depuis un moment pourtant il me semble ? Vous n'avez rien vu ? Eh bien, vous ne savez pas ce que vous avez manqué, c'était un jeune homme on ne peut plus charmant ; d'ailleurs, pour vous mettre dans la confidence, depuis, je n'ai pas retrouvé mieux…

À force d'être enjambés, les morts se vengent. Je me cogne contre une plaque, m'étale entre deux stèles, m'agrippe à un marbre pour me relever, mais c'est déjà la dernière allée. C'est le coin des vieux, des très très vieux, des dalles noircies, fissurées, des épitaphes semi-effacées. C'est le coin des ancêtres, décédés dans les années mille huit cent et des poussières… Moi je cherche un jeune homme, un très jeune homme. Mort à dix-neuf ans, ça en jette sur une tombe, non ? Dix-neuf ans, c'est quand même autre chose que soixante-dix. Ça retient l'attention, on s'arrête quelques secondes, on s'interroge. La drogue peut-être ? Un suicide ? Dix-neuf ans. J'en ai quarante aujourd'hui. Il risque de me trouver changée. Légèrement vieillie, affaissée. Est-ce que seulement il remarquera mes chaussures rouges ?

Mais il n'est pas là, pas à Crestuma. Je m'assieds sur la dernière stèle, près d'une plaque en forme de parchemin, kitsch à souhait : *Choraremos sempre por ti. Lágrimas também**.

Plus loin, les deux femmes en ont fini avec leurs morts pour aujourd'hui. En quittant le cimetière, elles me lancent un dernier coup d'œil, plein de désapprobation. Est-ce que ce sont des manières, de s'asseoir ainsi, sur les tombes des ancêtres ?

Tu es resté l'amour de ma vie puisque tu es mort.

Un mort ne quitte pas, ne trahit pas, sa patience est illimitée. Le mort est le compagnon idéal, jamais jaloux, jamais hargneux ou mal luné, le mort ne déçoit pas. Il se laisse tranquillement tailler son costume de héros…

* « Toujours notre cri ira vers toi. Nos larmes aussi. »

Carrés, rectangles, succession de blocs et d'angles. Je vais vers toi comme on va à la mine, dans une carrière, à la recherche de quelque trésor pierrier. Fête minérale. J'ai quitté la vallée, mes genoux ont tapé les angles de la rocaille. C'est bien fait, c'est bien fait pour moi.

Cris, bruits de conversation, chaleur, le compartiment est bondé. À côté d'eux, une dame et ses deux petites filles. L'une d'elles le dévisage de ses grands yeux noirs, il tourne la tête. C'est la première fois qu'il prend le train. Il a douze ans. Porto-Tours, son père serre son billet entre les mains, comme si à tout moment il allait se faire contrôler. Ça fait des années qu'ils ne se sont pas retrouvés seuls, côte à côte, le père et le fils. Son père lui explique qu'il sera mieux là-bas pour les études. Que s'il arrive à se débrouiller en français, il pourra décrocher un beau diplôme, comme le fils Sampiero, qui ne chôme pas depuis qu'il est sorti du centre d'apprentis. Que pour ça, il faut au moins quatre ans de collège et que de toute façon, en France, l'école est obligatoire jusqu'à seize ans. Le train passe sur un pont, haut, tellement haut. Autour, le vide, et en contrebas, le fleuve, et des silhouettes, à peine. Sur la route, des fils électriques, partout, et des pylônes qui se dressent comme des armées, des centaines de pylônes, il n'en a jamais vu autant. Une petite pluie fine, serrée, incessante, une brume. Il a laissé le soleil, il a laissé Lisa, et Irma. On passe la frontière, souffle son père. Retourne-toi José, retourne-toi, et dis au revoir au Portugal.

Les vallées espagnoles. Les champs. Répète après moi : « Bonjour. » « Merci. » « Je ne comprends pas bien le français. » Mais… qu'est-ce qui t'arrive José ? Pourquoi pleures-tu ? Son père veut bien comprendre que c'est dur d'avoir quitté sa tante Irma, Lisa, et tous ses amis au village, mais enfin, bientôt, il s'en fera de nouveaux. Les Portugais sont comme ça, courageux, nomades et courageux, ils vont chercher le travail là où il est. Il ne va pas passer sa vie dans les jupes de sa tante tout de même ? Et puis, quand il sera en France, quand il verra les routes, les immeubles, il comprendra tout de suite que l'avenir est là-bas… Lui, il ne dit rien, il n'ose pas contredire ce père qu'il connaît si peu, mais il sent comme un fléchissement dans sa voix, un doute, son père toujours si fier de parler de la France lorsqu'il revient au pays, de sa réussite en France, semble d'un coup moins assuré, comme s'il préparait son fils à une autre réalité, laquelle ? Est-ce que le rêve français est une arnaque ? Pourquoi le fait-on venir à l'âge qu'il a, douze ans, alors que toute sa vie est au Portugal ? Est-ce qu'en France, vraiment, ce sera mieux, est-ce qu'à l'école il aura plus envie d'apprendre ?

Par la vitre, le paysage défile, qui l'emporte loin des siens. Et toujours ces pylônes, menaçants, qui semblent le prévenir mais de quoi ?

Il y a même un club de foot, poursuit son père, tu verras, plein de garçons jouent aussi là-bas.

Mais lui, le foot, il s'en fout. Ce qu'il veut, c'est Lisa, Julio, Pedro et tous les siens ; lui, ce qu'il veut, c'est le soir courir jusqu'au jardin, caresser les moutons, crier sur les poules, courir et hurler, jusqu'à la forêt, tout près.

10

Mairie de Crestuma, province de Porto. Je brandis mon acte de décès, mais le nom de José Oliveira ne dit rien à la secrétaire de mairie, encore moins celui de ses parents. La secrétaire s'ennuie, elle me sourit. Française ? Oui. Elle désigne l'acte de décès, « Família ? » Oui, oui, família, si ça peut faire avancer mon dossier. La secrétaire consulte ses registres, passe plusieurs appels. Un type immense, engoncé dans un K-Way trop étroit, entre en criant dans son téléphone. Dès qu'il raccroche, il vient se coller au guichet, à côté de moi. Visiblement, rien de ce qui se passe dans cette mairie ne doit échapper à la vigilance du bonhomme. Il cherche à lire les documents par-dessus mon épaule. Je fais obstacle. Il me pousse du coude, hé, française ? Je fais celle qui en a vu d'autres, et qui n'a rien entendu. L'homme se rabat sur la secrétaire, suit avec passion ses allées et venues et ses appels téléphoniques. La traîtresse finit par lui expliquer ce qu'elle croit avoir compris de ma situation. Ils se tournent tous les deux vers moi, avec le même regard ému. Família ? L'employée me fait signe de m'asseoir sur le banc près de son bureau. Que je fasse comme chez moi, que je me mette à l'aise surtout ; eux, ils ont la situation bien en main. Je me détends un peu, mon cas est pris au sérieux, c'est sans doute qu'il l'est.

Une femme entre dans la mairie, plus âgée. L'homme à K-Way la briefe en quelques mots, « La família, la família de Francia ! » La femme veut me prendre dans ses bras, elle aussi a de la famille en France, Tolosa ! On convoque une autre employée, qui, restée à l'étage, avait manqué le début. Família ! L'employée de mairie lève un pouce victorieux dans ma direction, elle vient de recevoir par fax deux documents, ce sont les actes de naissance des parents de José, avec leurs coordonnées récentes.

Le pot de colle du guichet se nomme Gregorio, il ne sait comment se rendre utile mais, comme la plupart des gens ici, parle un français approximatif, qui me permet de le suivre à peu près. Il me demande, « GPS, GPS ? » Je dois bien avouer que non, de ce côté-là, les choses vont plutôt mal. Mais Gregorio veut bien me servir de GPS. Il propose de m'accompagner en voiture jusqu'aux adresses indiquées sur les formulaires. Les employées de mairie me poussent vers la camionnette de Gregorio. Dans un dernier élan, la secrétaire me serre contre elle et me glisse son numéro de téléphone, Julia. Qu'on l'appelle surtout, qu'on la tienne au courant.

Où Gregorio m'emmène-t-il ? Chez les parents de José ? Je ne veux même pas y penser. Seule, je n'aurais jamais osé, mais parti comme c'est parti... La camionnette traverse les ruelles escarpées empruntées à pied moins d'une heure plus tôt. Gregorio s'arrête plus bas, devant un pavillon de lotissement. M'explique qu'avant toute chose je dois absolument rencontrer Rosita, la doyenne du village, Rosita connaît tout le monde et surtout, ses enfants ont vécu en France, ça nous en fait des points communs.

Gregorio brandit les actes de naissance sous le nez de Rosita mais vraiment, ces Oliveira-là, ça ne dit rien à Rosita. Elle agrippe mon bras d'une main fatiguée, son arrière-petit-fils ne devrait pas tarder à rentrer, et si on se prenait un verre de quelque chose en attendant ? L'arrière-petit-fils arrive déjà, il s'appelle Pedro et ne connaît aucun José Oliveira lui non plus, pas même un frère, un cousin. L'histoire semble pourtant le passionner, il propose de se joindre à nous pour nous aider. Il est décidé qu'on continue à deux équipes, Pedro et moi d'un côté, et dans une autre voiture, Gregorio, rejoint par sa femme, inquiète de ne pas l'avoir vu revenir plus vite de la mairie.

Les deux véhicules dévalent les vignes de Vila Nova de Gaia, Gregorio et son épouse en tête. De temps en temps, Gregorio se retourne et fait un signe de la main pour confirmer que nous sommes sur la bonne route. Mais la bonne route vers où, Gregorio ? Vers qui ? Cette fois c'est sûr, c'est un road-movie. *Paris, Texas* ? *Easy Rider* ? À moins que ce ne soit une comédie ? Oui, pourvu que ce ne soit qu'une comédie.

L'utilitaire de Gregorio entame un dérapage pas très contrôlé sur un terrain en pente, face à une grange, Pedro en fait autant, et nous pénétrons dans un enclos en lâchant de grands « Olá ». Un homme d'environ soixante-dix ans, salopette et béret, se hâte à notre rencontre. Gregorio saute du véhicule et lui agite les deux actes de naissance sous le nez, « C'est bien vous dont il est question ? » L'homme hoche la tête en lisant son acte de naissance, c'est bien lui oui, il se reconnaît tout à fait. Je frémis, quel accueil va-t-on me réserver ? Est-ce une idée de mettre ainsi un village à feu et à sang ? Est-ce ainsi que j'entends respecter la mémoire de son fils ? Gregorio pousse un grand cri et me précipite dans les bras de l'homme à béret, « Fernando, c'est votre petite fille ! C'est la família de France ! »

La femme de Fernando a tout entendu, elle surgit de la grange, mains sur les hanches, « Comment ça, Fernando ? Qu'est-ce que c'est que ces histoires ? Que s'est-il passé lorsque tu étais en France ? »

Le ton monte. Pedro s'interpose, la femme de Fernando doit se montrer compréhensive, l'orpheline ne demande qu'une chose, retrouver sa famille ! Au mot de famille, tous les regards convergent vers moi. C'est qu'on m'avait presque oubliée. On exige une explication, que je dise ce qui m'amène vraiment ici, que je crache le morceau.

« Amiga, amiga », je bégaie.

Gregorio se gratte le crâne, est-ce que je me fiche de lui ? Est-ce qu'il a fait tout ça pour une amiga ? À voir sa tête, je comprends que les valeurs de l'amitié sont incomparables avec celles, sacrées, de la famille.

— Que amiga ?
— Amiga do José.
— José quem ?

Je désigne l'homme à béret, « Enfin ! José, ton fils ! » Mais ni l'homme à béret ni sa femme ne semblent avoir de fils qui s'appelle José. Ou alors, ils l'ont complètement oublié.

La femme réalise sa méprise, envoie une bonne claque dans le dos de mon ex-grand-père, ils se tordent de rire maintenant tous les deux. Gregorio les observe, visiblement déçu, mais se ressaisit, il n'est pas du genre à me lâcher au premier quiproquo venu. Il tire sur la manche de mon gilet, pour me signifier qu'il n'y a pas une seconde de plus à perdre dans ce cloaque. « Manger ? », me demande-t-il gentiment, en rejoignant sa camionnette.

Il est de ceux qui sont partis et, comme eux, il ne dira rien. Rien de la masure humide à peine plus grande que celle du Portugal, quand sa tante Irma lui avait parlé de châteaux en bord de Loire qui l'attendaient là-bas, Blois, Chambord, Chenonceau… Rien du terrain autour, sans mouton pour brouter une herbe qui n'existe pas, sans poule pour courser les enfants. Rien de la désolation alentour. Rien des chiens des voisins qui, chaque nuit, hurlent et les empêchent lui et toute sa famille de trouver le sommeil. Rien de la chambre qu'il doit partager désormais avec Barbara, de trois ans sa cadette, et avec Miguel, le petit dernier. Rien de ses efforts pour mémoriser les mots que son frère, son petit frère de six ans, lui apprend et lui fait répéter chaque soir dans le lit, rien des premières humiliations au collège, des rires de ses camarades de classe qui imitent son accent, ses camarades qui font chuinter les s, *lui servent les dernières blagues portugaises à la mode. Et comment elle fait la Conchita pour perdre vingt kilos, comment elle fait ? Elle se rase sous les bras ! Et pourquoi les Portugais ils se laissent pousser la moustache? Pourquoi hein, tu dois le savoir, toi? C'est pour ressembler à leur mère! Et qu'est-ce qu'elle fait une Portugaise qui va à l'école? Le ménage! Rien non plus des profs qui le mettent d'office au fond de la classe, à côté d'un autre garçon de son âge, d'origine portugaise lui aussi, et qui des mois durant lui mène la vie dure, comme pour asseoir son autorité aux yeux des autres élèves, regardez ce que j'en fais moi de ce niais qui débarque de sa campagne, regardez comment je vous le mate. Ce garçon s'appelle Manuel. José et Manuel. Manuel et José. Quelques mois plus tard, les deux ennemis se rapprochent, et Manuel comprend qu'il n'a plus rien à craindre de ce garçon doux et intelligent, qu'il peut au contraire s'en faire un allié, un ami, et bientôt ce seront les premières mobylettes qu'on rafistole ensemble, les premières virées dans la campagne autour, les premières confidences. José et Manuel. Manuel et José. Inséparables, diront les gens.*

11

Le soir, j'ai rendez-vous avec Carlos et Maria à la réception du B&B. C'est une amie commune qui, apprenant que je me rendais à Porto, nous a mis en contact quelques semaines plus tôt. Hasard, Carlos et l'hôtelier se connaissent, ils ont enseigné dans la même fac il y a quelques années. J'interroge le gérant, pourquoi s'occupe-t-il d'un hôtel, a-t-il cessé d'enseigner ? La situation pour les fonctionnaires est compliquée, m'explique-t-il, le secteur éducatif ne paie plus et nous sommes nombreux à exercer un second métier. C'est devenu le ministère de la mauvaise éducation, résume Carlos. Je pensais que nous irions juste prendre un verre mais Carlos et Maria tiennent absolument à m'inviter à dîner, sur l'autre rive de Porto, qui ne s'appelle déjà plus Porto, mais Vila Nova de Gaia. D'un côté, la ville haute, la Ribeira, de l'autre, les vignobles à perte de vue. Porto est plus belle vue d'en face, dit Carlos en garant sa voiture près du fleuve. Qu'est-ce que vous aimez ? Le poisson ?

Voilà ma seconde vie, dit Maria en prenant la main de Carlos. Nous avons été mariés avant, chacun de notre côté, mais nous nous sommes retrouvés veufs tous les deux. J'ai mis longtemps à admettre que, peut-être, je pourrais à nouveau… On s'est rencontrés ici, dans ce restaurant, et on ne perd jamais une occasion d'y revenir.

La longue baie vitrée surplombe le Douro et, pour la première fois depuis mon arrivée, je ressens la présence de l'océan tout proche. Maria est enseignante elle aussi, dans une école spécialisée pour les malentendants, elle travaille encore, mais son salaire n'a plus rien à voir avec ce qu'il était il y a quelques années. L'école de Maria est en grève. Une fois par semaine, un des enseignants reste chez lui, et les autres se cotisent pour celui qui fait grève. On appelle ça « grève tournante », explique Maria. Pourquoi ne pas lancer un mouvement plus dur ? Pourquoi ne pas arrêter complètement le travail ? Maria ne comprend pas ma question, les mines ferment, les magasins ferment, et si les écoles fermaient aussi, alors ils auraient tout gagné. Qui « ils » ? Nos politiques, soupire Carlos, s'ils pouvaient, ils fermeraient aussi le pays.

Après le repas, Carlos et Maria me font traverser la ville en voiture : la statue de Pedro IV sur la place de la Liberté, déboulonnée puis remontée après la révolution des Œillets, le pont Maria-Pia construit par Eiffel, aujourd'hui désaffecté, le pont Dom-Luís qui relie Porto à Vila Nova de

Gaia, la tour des Clercs… Je demande à Carlos où l'on peut écouter du fado. À Porto ? Carlos et Maria rient, mais le fado c'est à Lisbonne, pas à Porto. Ils ont d'autres plans pour moi, me proposent d'aller au Barcarola, un café de quartier où ils ont l'habitude de retrouver des amis. Je vais te présenter Clemente, me prévient Maria, c'est un peintre, un peintre qui ne veut rien faire d'autre que peindre, il veut juste *vivre comme il l'entend*, tu vois ça ! Je regarde Maria. Elle semble à la fois amusée et scandalisée par la vie de Clemente. Vivre de son art. Hérésie pour la plupart des gens. Pour moi la première, qui ai tout abandonné pour enseigner. Vivre de son art, quelle haute idée de soi-même faut-il avoir pour croire cela possible ? La vie devient très difficile pour Clemente, renchérit Maria. Elle le devient pour nous tous, soupire Carlos.

Le Barcarola est un établissement sur deux étages, qui fait à la fois restaurant, tabac, presse et dont les lumières crues inondent jusqu'au bas de la rue. Clemente nous attend côté fumeurs, il a les traits des gens qui sourient souvent, que contredit un regard grave. Il parle français avec un léger accent du Sud. Il a vécu à Orléans, ses parents ont fait partie de cette vague d'émigrants dans les années soixante, rentrés au pays après le coup d'État de 1974. Je demande à Clemente s'ils sont nombreux, comme lui, à être revenus au pays. Beaucoup d'entre eux sont restés en

France, me dit-il, malgré l'accueil qui leur a été fait là-bas.

— Quel accueil ?

— Mes parents ont passé presque deux ans dans le plus grand bidonville de France, Champigny-sur-Marne.

— Je savais que les Algériens avaient vécu dans des bidonvilles français, mais pas les Portugais.

— Ils étaient près de quinze mille là-bas.

— Tout le monde ici connaît quelqu'un qui était à Champigny, dit Carlos, c'était le point d'arrivée en France de la plupart des Portugais. J'avais un oncle qui y était. Quand il nous téléphonait, il nous racontait qu'il s'était construit une maison, que tout allait bien. Mais quand mon père a pu aller le voir en France, il a dit à ma mère en rentrant, je m'en souviens, il pleurait, il lui a dit que son frère vivait les pieds dans la boue, dans une cabane de fortune, sans eau, sans confort. La France faisait venir les Portugais pour construire des habitations, mais eux, ils n'avaient qu'à dormir dehors.

Dans le fond de la salle, la télé diffuse un match de foot. « Les 3 F, me dit Maria, tu vois, c'est comme ça ici, les Portugais ne jurent que par les 3 F : Fado, Fátima et Futebol... »

— Ceux qui vivaient à Champigny, les Français les appelaient *les gens des baraques*, reprend Clemente. Mes parents n'aiment pas trop parler de ça… Ce que je sais de cette période, c'est par d'autres, des voisins…

Je regarde les mains de Clemente. Les ongles sont courts, carrés, blanchis par les passages de la couleur et de la térébenthine. J'ai eu ces mains aussi. Lorsque j'étais peintre. Celles de Clemente doivent sentir l'huile de lin et le tabac à rouler, dont l'étui ocre dépasse de la poche de sa chemise claire. En me voyant loucher vers son tabac, Clemente extrait un paquet de sa veste, est-ce que je veux une vraie cigarette ? Non, non, j'aime autant une roulée. À quoi peut ressembler la peinture de Clemente ? Depuis que j'ai arrêté de peindre, j'évite soigneusement les vernissages, les expos, les ateliers, comme si j'avais complètement rompu avec cette partie de ma vie. Je ne fréquente plus aucun ami peintre, je ne supporte plus. Savoir que d'autres ont continué, qu'ils se sont obstinés là où j'ai abdiqué… Les mains de Clemente sont belles, à la fois longues et anguleuses. Des mains qui savent dessiner et, sans doute, caresser une femme. Concentré, Clemente a sorti feuilles et tabac, il me roule une cigarette, ma première depuis des années. J'inspire une bouffée, je ferme les yeux. J'aimerais que Clemente parle encore de lui, de sa vie en France, mais très vite la discussion dévie vers les manifestations à São Paulo. « On ne verrait jamais ça au Portugal, dit Maria, nous ne savons pas nous organiser, nous sommes un peuple passif. »

« Il faut un minimum d'estime de soi pour se soulever comme le font aujourd'hui les Brésiliens, ajoute Carlos, et d'estime, de confiance, nous manquons cruellement. » Je proteste, le Portugal a tout de même fait sa révolution ? Les Œillets, c'était bien un soulèvement populaire ? « Les militaires ont fait la révolution, rectifie Maria, mais c'est vrai, aujourd'hui, c'est nous qui en profitons », dit-elle en levant sa tasse vide, comme pour trinquer avec un héros imaginaire.

J'ai envie d'un verre de vin mais je me ravise, tout le monde est resté au café, malgré l'heure tardive. On n'est pas venus ici pour boire, mais pour se retrouver, passer du temps ensemble. Un homme à la chevelure blanche malgré un visage très jeune nous a rejoints. Une jeune femme l'accompagne, on se lève pour les embrasser. Elisabete est vidéaste, on l'appelle Bette. Alexandro est grand reporter, mais il n'exerce plus. Il a passé plus de vingt ans en Afrique, Côte d'Ivoire, Rwanda, Angola, Zimbabwe… partout où il y avait la guerre. L'Afrique cassée, je connais par cœur, dit-il. Avec sa chevelure délavée, son haut front et ses petites mains, Alexandro me fait penser à un Mozart qui aurait vieilli précocement. J'ai arrêté à cause de la censure, explique-t-il. Pour avoir critiqué un dictateur sur la radio publique. Si on ne peut plus exercer sans un minimum d'indépendance, ce job ne m'intéresse plus… J'ai fini ma carrière en Libye, pendant le Printemps arabe, et j'ai déchiré ma carte de presse.

— Vous êtes mariés ? Je demande à Bette et Alexandro.

— J'ai été marié deux fois et j'ai divorcé deux fois, ça suffit…, dit Alexandro.

— Il préfère « diverser » que divorcer, sourit Bette.

— Diverser ?

— J'ai bien compris que pour rester marié, il fallait divorcer de soi-même, proteste Alexandro, et je n'ai plus du tout envie de ça.

— Depuis, il s'est remarié avec lui-même, se moque Bette. Mais toi Léonore, tu as quelqu'un ?

— Non, enfin oui, c'est compliqué.

Que dirait Laurent s'il m'entendait parler de lui ainsi, à des quasi-inconnus ? Laurent qui n'a pas compris mon départ, qui l'a interprété comme une trahison de plus. « Et moi Léonore, je suis censé faire quoi ? Attendre comme un con que ça te passe ? » Laurent qui s'inquiète de me savoir seule ici. Je n'ai répondu à aucun de ses messages depuis lundi.

J'explique à Bette que je suis à Porto pour faire des recherches.

— Sur quel sujet ?

— Enfin, je suis venue rechercher quelqu'un, je soupire, ça aussi c'est compliqué.

— Tu as besoin d'aide ? demande Alexandro.

— C'est quelqu'un qui a disparu il y a longtemps…

Je soupire.

— Il est mort, en fait.

Je me sens de plus en plus confuse.

— Léonore est venue refermer les portes du passé…, dit doucement Maria.

Je lui souris. Maria était veuve avant de rencontrer Carlos. Comme ces femmes que j'ai croisées ce matin au cimetière. Ça veut dire quoi, veuve ? Ça veut dire seule ?

— C'est peut-être ça, lui dis-je en me redressant. Je sais bien où il est né, mais pas où il est enterré.

— Mais les gens sont très souvent enterrés dans leur village natal. C'est pas la même chose en France ? s'étonne Alexandro.

— Je ne crois pas qu'il y ait de cimetière à Lever, là où il est né, c'est très petit, à peine un hameau sur la carte, et rien ne l'indique dans l'annuaire. Je me concentre sur les villages aux alentours…

— Impossible, tu ne trouveras pas un seul village sans cimetière, reprend Alexandro. Ici, les morts sont bien plus importants que les vivants…

Les tasses de café sont vides, mais cette soirée m'a réchauffée. Je repense à Gregorio, à sa sollicitude et aux quiproquos de la matinée. J'avais eu beaucoup de mal à me débarrasser de lui après notre périple. Il m'avait laissé son numéro de téléphone et je l'avais rappelé dans l'après-midi, non, les recherches n'avaient encore rien donné, mais je ne manquerais pas de le tenir au courant. J'avais regretté de l'avoir appelé de mon portable, car tout l'après-midi il m'avait bombardée de SMS, il avait rencontré des personnes qui, sûrement, pourraient m'aider... je devais absolument le rappeler ! J'avais préféré me débrouiller seule, mais mes recherches dans les cimetières voisins n'avaient rien donné de plus. Pourquoi n'étais-je pas allée directement à Lever ? Il y a eu toute une histoire entre les habitants de Lever et ceux de Crestuma, il y a quelques années, me précise Clemente. À cause du barrage, chacune des deux communes voulait se l'approprier, ça a été très loin. Enfin, si tu as besoin d'un coup de main, d'un traducteur, je te note mon numéro...

La nuit, je dors peu. Dans mes rêves, je conduis une voiture. La route est en pente, je crains que le véhicule ne parvienne pas à monter, que les vitesses ne s'enclenchent plus, que le moteur n'ait pas assez de puissance. Je sens que les pneus n'adhèrent plus au bitume, et que la voiture, doucement, repart vers l'arrière. Elle décroche de la route et, de plus en plus vite, bascule dans le vide.

À l'arrière de la voiture, il rassure sa sœur Barbara, qui dodeline de la tête comme une poupée apeurée. Miguel, son petit frère, tape des mains. À l'avant, sa mère asperge son mari d'eau de Cologne, pour qu'il ne s'endorme pas au volant. Objectif, arriver le plus vite au pays. Pouvoir dire, je l'ai fait en moins de quinze heures. Et chaque été la même route. Dans la voiture, achetée juste avant le départ et qui sera revendue dès le retour. Une Mercedes ou une Audi, d'occasion, pourvu que ce soit une marque, allemande de préférence. Pour montrer qu'on a réussi, qu'on n'est pas partis pour rien. Partir, ceux qui sont partis. Ça y est, lui aussi est de ceux-là. À chacun de ses retours, on se chargera de le lui rappeler. Il est maintenant un Portugais de France ou un Français du Portugal. C'est-à-dire personne. Sur la banquette arrière, il rassure Barbara. Mais la voiture est vraiment d'occasion et, bien avant la frontière, les premiers problèmes mécaniques se font sentir. On s'arrête dans une station-service, on attend qu'un mécanicien se libère pour jeter un œil sur le moteur… L'odeur de garage, de pétrole, le cuir des banquettes, c'est une fatigue, presque un écœurement.

Et enfin le village, la maison d'Irma qui, chaque été, paraît plus petite. La fierté et l'amour dans les yeux d'Irma et de Lisa. Sur la plage de Matosinhos, Lisa lui rappelle ses promesses, la vague, la grande vague, quand iront-ils s'y mesurer? Est-ce qu'il la tiendra bien serrée contre lui? Est-ce qu'un jour il reviendra vivre ici, auprès d'elle? Les deux femmes sont restées seules, sans Abdel, sans José, sans homme pour veiller sur elles. Lui, il ne se sent plus d'ici, ni de là-bas, il se sent de nulle part. Ce qui lui plairait vraiment, c'est partir loin, loin, au-delà de ces frontières, quelque part où on ne lui rappellerait pas sa différence. Quelque part où il oublierait qui il est. Il caresse les cheveux de Lisa. Elle se lève et avance seule jusqu'à l'océan. Il la suit du regard.

12

Après le barrage, tenir sa droite, puis suivre la route qui monte. Laisser Crestuma sur la gauche. Rouler encore trois cents mètres, quitter la route principale. À Lever, le cimetière est accolé au bar, en face de la pharmacie. Au centre du monde.

Des gens discutent à l'entrée ou se reposent sur des bancs, sous les magnolias. Dans le cimetière, un maximum de passage, surtout des femmes, parfaitement équipées, les bras surchargés de fleurs, seaux, sécateurs… Cordes à linge le long des murets, des draps y sont suspendus, serviettes, torchons qui claquent discrètement au vent.

Il est là, deuxième rangée sur la gauche après l'allée centrale. Il est dans la dernière tombe, celle qui fait l'angle. Il porte une chemise indienne blanche largement décolletée, ses cheveux sombres sont coupés en brosse longue, il cligne légèrement les yeux, comme ébloui. C'est bien lui au coin de cette allée, c'est bien lui sur cette photo délavée, imprimée sur une céramique ovale. C'est bien lui que j'ai cherché dans tant de dessins, tant de visages, chez tellement d'hommes. Apparemment, c'est le détail agrandi d'une photo de groupe, une des dernières photos prises de lui probablement. Je m'agenouille devant son portrait, écarquille les yeux.

J'ai quinze ans, il vient de partir, je ne comprends pas pourquoi si vite. J'ai quinze ans, je l'attends toute la journée en dessinant, il ne viendra plus maintenant. J'ai quinze ans, je le supplie de rentrer avant la nuit.

Quel con. Mais quel con. Comment t'as pu ?

Il fallait que je revoie son visage, son nom, que je le sente là-dessous, si proche, pour pouvoir lui faire une scène. Notre première scène. Moi vivante et lui mort. Maintenant que j'ai commencé, plus moyen de m'arrêter, j'implore, je jure, je gémis, je suis comme enragée.

Les veuves s'éloignent doucement en hurlant dans les allées, une moiteur fleurie les poursuit. Midi sonne.

Une femme se tient debout derrière moi. Qu'est-ce qu'elle veut ? Quand est-elle arrivée ? Et moi, depuis combien de temps suis-je sur cette tombe ? On ne peut pas nous laisser nous disputer tranquillement, mon amoureux et moi ? On a encore beaucoup de choses à se dire, tous les deux. Mais la femme ne bouge pas, elle attend. Je finis par lever les yeux vers elle, lâche un « Olá » à peine aimable.

Son visage est grave, elle me montre la photo de José, « mon neveu ». Je me relève aussitôt. La femme est grande, la soixantaine, pantalon de lin et pull bleu marine. Elle me tend la main, « Alicia ».

Alicia est-elle au courant ?

Comment pourrait-elle ne pas savoir ?

Toute sa famille sait, forcément…

Tout s'embrouille à nouveau, la chaleur, l'odeur des bouquets et lui surtout, si près…

Alicia me désigne une autre photo scellée sur la même tombe, cachée derrière les fleurs et les plaques, un autre homme.

— Mon frère…

Je regarde la plaque. 1992. C'est le père de José. Il n'est mort que cinq années après lui. Je pointe la date, avec un geste désolé, « Jovem, jovem… »

— Oui.

Alicia parle un peu français, et moi un peu espagnol.

— Amiga, amiga…

— Amiga de José ?

— Sí, sí.

Et je fonds en larmes. Alicia me fait signe de la suivre, je ne peux pas rester là, il est presque dix-neuf heures, le cimetière va fermer.

Il a treize ans, il a quatorze ans, il a quinze ans, et chaque été c'est : partir. Quitter les siens à nouveau. Revivre à chaque fois le premier départ, la première déchirure. Partir avant même que les figues n'aient fini de mûrir. Quand elles ont presque atteint leur taille normale, mais qu'elles sont encore vertes et dures à l'intérieur. Il a maintenant seize ans et, comme chaque année, Lisa le supplie, attends José, reste encore quelques jours s'il te plaît, attends au moins les figues, je ne te demande pas de patienter jusqu'aux vendanges, mais les figues, c'est pas si loin... Pourquoi ce regard dur, ce visage fermé tout à coup ? Quand Lisa comprend qu'il n'y a plus rien à faire, elle ajoute, on se revoit bientôt alors ? Tu redescendras à Noël ? À Noël, tu es bien sûr ? Je peux vraiment me dire que tu seras là à Noël ? Tu ne dis pas ça juste pour te débarrasser ? Comme l'année dernière ? T'avais dit à Noël aussi l'année dernière, et puis... Vous ne venez plus que pour l'été, et vous repartez si vite... J'aimerais tant te garder près de moi, José. Cette distance entre nous, c'est rien qu'une distance, mais elle me paraît de plus en plus longue.

Il partira et il aura son regard dur, il durcira son regard, pour qu'elle ne voie rien, pour que jamais elle ne se doute comme tout ça l'atteint, comme ses mots forcent le passage et l'atteignent parfois en plein cœur.

Il chargera le sac dans le coffre, il descendra les dernières marches. Il se retournera une dernière fois vers elle, vers Irma, vers les deux femmes qu'il aime, les embrassera silencieusement. Lisa regrettera qu'il ne la prenne pas dans ses bras, mais n'ajoutera rien, ce sont leurs dernières minutes, elle ne voudra pas les gâcher.

Son père dira, En voiture ! On a presque une heure de retard sur l'itinéraire ! Il sera déjà installé au volant depuis un moment, anticipant le départ, tout entier tourné vers l'action. Son frère et sa sœur se disputeront pour une place près de la fenêtre, leur mère leur dira de faire signe à leur tante Irma, à Lisa, à grand-mère devant la maison.

Lisa tentera de le rattraper, de s'agripper un peu, espérera une dernière volte-face, alors ça y est, tu t'en vas, tu es sûr que tu ne veux pas partir plus tard, il est encore temps, tu pourrais rester un peu plus, on irait se promener tous les deux, ça me ferait tellement plaisir… Il la sentira vaciller et c'est son corps tout entier qui se raidira, qui luttera contre le ramollissement qui le menace, contre ces gestes simples mais qu'il ne connaît pas, ces gestes de tendresse qui les emmèneraient tous les deux il ne sait trop où, trop loin, et qui briseraient la digue qu'il a érigée il y a des années, à douze ans exactement, le jour de son départ. À douze ans, est-ce qu'on décide de sa vie ? Est-ce qu'il aurait dû supplier son père, est-ce qu'il aurait dû le convaincre de le laisser au Portugal ? Trop tard à présent. Il est de ceux qui sont partis, qui ne reviendront pas. Lisa croisera ses yeux rétrécis et elle reculera. Il prendra un ton ferme, comme on prend pour parler aux enfants, sois raisonnable Lisa, rentre maintenant, tu vois bien que mon père attend. Elle sentira qu'il n'y a plus rien à faire, le regardera s'éloigner et claquer la portière. Ce n'est qu'une fois que le moteur sera lancé et que plusieurs dizaines de mètres les sépareront qu'il se retournera enfin, il se dira que la silhouette de sa tante est chaque fois plus petite sur le trottoir, il esquissera un signe de la main et se demandera si, de là où elles sont maintenant, les deux femmes peuvent voir l'horrible rictus qui barre son visage et son sourire figé que contrarient déjà les yeux rougis dont s'échappent les premières larmes.

13

— Vous avez des photos de lui ? Photos ?

Alicia me fait signe que non. Il y a pourtant des portraits partout chez elle, son mari, ses enfants, ses petits-enfants, le mariage de l'un, la naissance de l'autre. Ils y sont tous. Tous sauf José. À l'époque, on ne prenait pas de photos comme aujourd'hui, s'excuse Alicia.

Elle me fait visiter sa maison, pièce par pièce. Quatre chambres, dont elle est fière de montrer que chacune possède sa propre salle de bains. Un jardin qui donne sur un magnifique domaine, bien que la terrasse soit restée en jachère, une brouette et des pelles sont encore enfoncées dans le sol, comme si quelqu'un venait de les abandonner il y a quelques minutes…

— Mon mari est décédé avant d'avoir pu terminer les travaux, m'explique Alicia, je ne suis seule ici que depuis quelques mois.

Alicia revient avec un dictionnaire portugais-français. Je lui demande, et José, il était comment quand il était petit ? Mignon très mignon, sourit Alicia. Elle me montre le mot « taquin » sur le dictionnaire.

— C'est Irma qui s'en est occupée, lorsqu'il était tout petit.

— Irma ?

— Son autre tante, du côté maternel. Elle n'habite pas loin, tu veux qu'on l'appelle ?

— Non, non, je fais signe à Alicia que ce n'est pas la peine.

— Juste après la naissance de José, sa mère l'a confié à Irma. Elle devait rejoindre son mari en France.

— Il est resté longtemps au Portugal, José ?

— Jusqu'à ses douze ans je crois, oui, il avait à peu près douze ans quand il est parti. Son père était venu le chercher par le train… Ça a été un drame pour Irma, il était toujours resté son petit, son bébé…

— Elle n'a pas eu d'enfant ?

— Si, si, elle avait Lisa, mais José, c'était José. C'est Irma qui fleurit sa tombe chaque semaine. Même quand les fleurs sont encore fraîches, elle les remplace, tout ce temps, depuis…

— Vingt-cinq ans…

— La mère de José était très occupée avec Barbara, tu connais Barbara ?

Non, je ne connais pas Barbara. Alicia est la première personne de la famille que je rencontre.

— Tu es venue seule ? Toute seule ?

Elle me regarde avec étonnement, bien sûr que je suis venue seule.

— Où est ton mari ? Tu es vraiment toute seule à Porto ?

Comment aurais-je pu faire ce voyage avec quelqu'un ? Avec Laurent ? Que dirais-tu d'une virée à Porto chéri ? On visiterait les chais, on se baladerait sur la Ribeira, et puis s'il nous reste cinq minutes, on pourrait se faire la tournée des cimetières ? Je hausse les épaules.

— Qui est Barbara ?

— C'est la sœur de José. Elle est très handicapée… C'est sa mère qui s'en occupe, depuis toute petite… Elle n'a jamais voulu la mettre dans une institution. C'est beaucoup de travail pour Carmen…

— Elle a quel âge Barbara ?

— Comme toi, à peu près comme toi, me fait Alicia.

— Est-ce qu'elles vivent ici ?

— Elles sont en France. Mais toi, tu as connu José ? Longtemps ?

— Pas très longtemps.

Alicia n'insiste pas.

Un autre José m'apparaît, plus inquiet, plus

fragile que je ne me l'imaginais. Douze ans, je fais le calcul, s'il n'est arrivé qu'à douze ans en France, c'est qu'il a passé la majeure partie de sa vie ici, au Portugal. Pourquoi ses parents l'ont-ils laissé chez une tante ? Pourquoi ne les a-t-il pas rejoints plus tôt en France ?

Alicia apporte une assiette sur laquelle elle a disposé des tranches de fromage, de jambon de pays, et des petits pains ronds.

— Il faut que tu manges ! Goûte les molete !

Un homme d'une quarantaine d'années, en tenue de cycliste, apparaît dans l'encadrement de porte de la cuisine. Alicia le gronde, Toninio ! On ne t'a pas entendu arriver, tu voulais nous faire peur ? Ne me dis pas que tu es encore tombé de vélo ?

L'homme se masse douloureusement l'épaule. Il est aussitôt suivi d'une jeune femme, grande, très souriante. Elle salue Alicia et lui demande où se trouve son aspirine. Je crois comprendre qu'ils sortent des urgences, et que ça n'est pas la première fois.

La jeune femme se tourne vers moi, elle n'est plus si jeune que ça, trente, quarante ans ?

Elle me tend la main : « Emilia, je suis la femme du grand blessé… » Et elle disparaît à la recherche de l'aspirine.

Un autre homme entre enfin, toujours la quarantaine, traits tirés, cigarette aux lèvres, il esquisse un sourire fatigué. Il ouvre la fenêtre et fume silencieusement. C'est mon autre fils, m'explique Alicia, il est chauffeur de bus. J'observe les fils d'Alicia, ce sont donc les cousins de José. Ils ont à peu près l'âge qu'il aurait aujourd'hui. Je regarde leurs mains, leur peau, leurs mines harassées. Rien chez eux, ni leurs visages ni leurs silhouettes, ne me rappelle José. Emilia revient, ouvre le frigo et me propose du thé glacé. Est-ce qu'on aurait pu être copines, Emilia et moi ? Est-ce que j'aurais aimé venir passer l'été ici en famille ? Est-ce que nos enfants auraient couru dans les forêts autour de la villa d'Alicia ? Mais je n'ai jamais voulu d'enfant. Qu'est-ce qui me prend ?

Alicia s'affaire à la cuisine. Pourquoi m'a-t-elle invitée, si ce n'est pour me parler de José ? Peut-être n'a-t-elle pas si souvent l'occasion de montrer sa maison ? Peut-être n'ose-t-elle plus me demander de partir à présent ? Ni ses fils ni Emilia ne m'ont posé de question, tout le monde semble trouver naturelle ma présence ici. Peut-être pourrais-je m'installer chez Alicia quelque temps, essayer une autre vie ? Alicia et moi irions au cimetière tous les jours, je resterais sur la tombe de José, Alicia sur celle de son mari. Pourquoi pas ? Alicia passe quelques coups de téléphone, rien qui semble me concerner. Mais qu'est-ce que je fiche dans cette cuisine ?

Je me lève et remercie Alicia pour son hospitalité, lui fais signe que les meilleures choses ont une fin, je vais devoir y aller. Alicia pose une main ferme sur mon bras, «Attends, attends encore un peu. Mon frère ne va pas tarder. Il veut te rencontrer.»

Me rencontrer? Pourquoi son frère voudrait-il me rencontrer? Je suis venue ici pour le retrouver lui, le reste ne me concerne pas. Je n'ai de comptes à rendre à personne.

On entend du bruit dans l'entrée, Alicia sourit, c'est lui.

Un visage près de lui, un souffle. Est-ce que c'est elle, est-ce que c'est Barbara ? Qui va s'occuper d'elle maintenant ? Qui protégera sa sœur des cris des enfants, des monstres méchants et des regards insistants des passants ? Et puis qu'est-ce qu'elle a cette fille-là ? D'où vient que son visage soit si étrange, que sa démarche... Et pourquoi pousse-t-elle ces petits cris ? Ah, c'est qu'elle est handicapée, tout s'explique ! Qui sera là pour chasser les petits qui tournoient en riant autour de sa sœur ? Pour éloigner les garçons qui lui soulèvent la jupe, parce qu'elle a beau être handicapée Barbara, ça n'en est pas moins un joli brin de femme de quinze ans maintenant, quinze ans, le même âge que Léonore. Qui sera là pour raccompagner Barbara, l'empêcher de tomber, calmer ses cris de terreur, à l'approche de la nuit ? Sa sœur, il l'a vue presque chaque été, quand ses parents venaient leur rendre visite au village. Même s'il n'était pas en France pour sa naissance, même si sa mère a répété cette histoire longtemps, à qui voulait l'entendre, l'histoire de ce vendredi où elle était allée chez le docteur en urgence, car son ventre lui faisait si mal, des semaines déjà qu'il lui faisait mal, et qu'elle devait accoucher. Elle avait bien calculé, elle se souvenait exactement de la nuit où son mari et elle avaient conçu Barbara, mais le docteur toujours répétait d'attendre, et ce vendredi-là, il l'avait encore renvoyée chez elle, la lune madame, il faut attendre la lune, ne soyez pas si impatiente, ce sera sûrement pour la semaine prochaine. Elle était étonnée d'entendre un docteur français lui parler de la lune, mais devant la blouse blanche, l'air autoritaire, elle s'était excusée de l'avoir dérangé pour si peu, d'avoir empiété sur son temps si précieux, lui qui avait accepté de la recevoir entre deux patientes, en fin de journée, dire qu'elle avait failli le mettre en retard pour rejoindre femme et enfants en week-end.

Sa mère racontait ce dimanche-là, le ventre engorgé, les douleurs terribles que même l'aspirine ne faisait plus passer. Mais interdit de se plaindre, le docteur avait dit de revenir lundi, d'attendre la lune. Le lundi, l'enfant ne bougeait plus, le docteur avait crié d'aller aux urgences, vite, qu'il était peut-être déjà trop tard. L'enfant était encore bien vivant, mais à l'hôpital la sage-femme avait déclaré à la mère que le terme était déjà passé d'un bon mois, que ce n'était pas normal de garder un fœtus dix mois dans son ventre, qu'elle avait mis sa vie et celle de son enfant en danger en faisant n'importe quoi, qu'il fallait s'attendre à des séquelles… Six mois plus tard, la famille était de retour, comme chaque été, au Portugal, et on lui avait présenté sa sœur. Tout de suite, il l'avait aimé, ce petit bout de femme qui le fixait de ses grands yeux sombres. Mais elle n'attrapait pas les objets, elle ne se tenait pas droite, et elle ne faisait rien que ça, fixer le monde de ses grands yeux sombres. Le cerveau déjà ne semblait pas à sa taille normale, et la grand-mère avait dit à Carmen, tu as une belle petite fille, une très belle petite fille, mais elle est handicapée.

14

Un couple entre. L'homme est petit, cheveux très blancs et teint hâlé, la soixantaine. Sa femme le suit, petite elle aussi, très frêle. L'homme s'assied immédiatement sur le banc, à côté de moi. Sa femme reste debout derrière lui.

Sans se présenter, l'homme me questionne en français :

— Qu'est-ce que vous faites ici ? Vacances ? Famille ? Vous êtes seule ? Vous vivez en France ? Paris ? Vous connaissiez José ? Une amie ? Il était mignon José, n'est-ce pas ? C'était un beau garçon ! Et vous l'avez connu quand, José ? Quand il a eu son accident ? Est-ce vous, la fille du dernier soir ?

Il se tourne vers les autres qui ont écouté sans intervenir. Il leur traduit ce que je viens de dire. Ils ne peuvent rien me faire, je me dis, au pire ils me foutent dehors, ils ne peuvent rien me faire.

L'homme approche un peu plus son visage du mien :

— Mon frère, le père de José, était si choqué quand on est arrivés sur les lieux, après l'accident, qu'il a voulu se jeter par-dessus le pont qui passe près du Cher. Il ne s'en est jamais remis, vous m'entendez, et il est mort quelques années après. Vous avez vu sa photo sur la tombe ? Il voulait être enterré avec son fils. Mais vous, qu'est-ce que vous fichiez là-bas ? Pourquoi étiez-vous à Chermeuil ? Ça faisait longtemps que vous fréquentiez mon neveu ?

Je n'ai plus le choix, je raconte.

— C'est une triste histoire, soupire enfin la petite femme restée debout derrière l'oncle, une très triste histoire.

Mais l'oncle n'en a pas terminé avec moi. Il tient à me donner sa version. José et ses parents habitaient près de chez lui, le village d'à côté. Une nuit, vers une heure, le père de José lui a téléphoné. Les pompiers venaient de le prévenir, son fils avait eu un accident. Et il ne pouvait pas se rendre sur place, car c'était précisément avec sa voiture, qu'il lui avait empruntée, que son fils s'était planté. L'oncle ne m'épargne aucun détail, ni les heures qu'il a fallu aux pompiers pour désincarcérer José, ni la jambe qu'ils ont dû découper sur place, les litres de sang perdus sur la route de l'hôpital. La glissière de sécurité qui lui a perforé les intestins, le liquide de batterie qui s'est écoulé dans le ventre. Le coma dans lequel José a été placé artificiellement «parce qu'il souffrait trop». Le transport en région parisienne quelques jours plus tard, trop tard, les intestins vidés, José vidé de l'intérieur, et puis le décès. Le corps qu'il a fallu ramener au Portugal en avion pour des raisons sanitaires, alors que la famille aurait préféré qu'il regagne le pays en voiture.

L'oncle et moi partageons à présent la même stupeur, la même indignation, nous revivons l'accident, l'hospitalisation, la nuit. Je lui parle de ma dernière vision de José, à travers une vitre, le lendemain. Des appels passés à l'hôpital, et toujours ces mêmes mots, «état stationnaire», «visites interdites». J'apprends à l'oncle que j'étais retournée dans le Nord, où j'étais scolarisée à ce moment-là. Me revient le visage de mon père, blême, quand il est arrivé à Chermeuil, peu après l'accident, la route du retour avec lui…

Mais il faut que je pose cette question, il le faut, l'oncle peut-être pourra me dire.

— Et vous savez s'il conduisait vite ce soir-là?

— Vite, oui, la jeunesse conduit toujours trop vite. Mais enfin, s'il n'y avait pas eu ce chien…

— Quel chien?

— Eh bien, le chien que José a voulu éviter…

— Comment pouvez-vous savoir qu'il y avait un chien?

— C'est un témoin qui a tout vu, un clochard.

C'est lui qui a appelé les premiers secours. Il longeait la route avec son chien. Il a entendu la voiture arriver de loin, il a voulu rappeler le chien, mais il lui a échappé, il courait en travers de la route. La voiture de José a fait un écart pour l'éviter. Elle est partie sur le côté, a percuté la glissière de sécurité… Manuel ne vous a pas raconté ? Vous connaissiez son ami Manuel ?

Manuel. Son visage quand il est arrivé le lendemain pour m'annoncer l'accident. Son visage quelques jours plus tard sur le parking de l'hôpital :

— Sa famille ne veut pas te voir.

— Mais pourquoi ? Dis-moi pourquoi ! J'avais supplié.

— Tu n'avais rien à faire à Chermeuil. Voilà ce que tout le monde pense. Rentre chez toi maintenant, fiche le camp, tu nous as fait assez de mal.

Et moi qui m'enfuis, honteuse, sur le parking, chaperonnée par mon père. Son insistance à lui, ensuite, pour y retourner, prendre des nouvelles, rencontrer la famille, et moi qui refuse, non, non, pas la peine, ça va aller… Mon père qui n'ose plus, finit par ne plus en parler du tout… Et moi seule avec ça, avec cette idée qui grandit en moi, que j'ai déjà fait assez de mal. Mes coups de fil à l'hôpital ensuite, incognito, dès qu'une infirmière me demandait qui j'étais, je raccrochais. Tétanisée. Et puis mon silence. Vingt-cinq ans.

— Triste, triste, répète encore la tante de José, qui s'est rapprochée de moi. C'était un terrible accident.

Alicia se lève, « Je nous prépare du café ! »

Je me demande si ce n'est pas de ça que j'ai le plus manqué, du café et des mots partagés.

Mais il est tard, je dois encore retourner à Porto. L'oncle se lève avec moi, « On vous raccompagne, pas question que vous rentriez toute seule à cette heure-ci. »

Cent soixante ! crie Manuel.

Vas-y pousse-la la Titine, montre-nous ce qu'elle a dans le ventre ! C'est quelque chose, cette caisse, au moins du quinze litres aux cent, putain, tu dois être à cent quatre-vingts là, quand y a plus de chiffres sur le compteur, ça veut dire que t'es au moins à cent quatre-vingts, non ? Il sent la limite à ne pas franchir, celle qui les enverrait valdinguer, Manuel et lui, dans le Cher, mais la limite, toujours il la repousse, dans les tournants surtout, il lève le pied juste assez pour éviter d'être centrifugés hors de la route, c'est cette limite-là qui l'intéresse, sentir là où ça casse, là où ça dépasse tandis que les doigts laissent filer le volant, la main gauche seulement, regarde Manuel, d'une seule main, ou sans mains du tout, juste avec les genoux.

C'était dommage de laisser cette voiture au père, lui qui ne dépassait jamais les quatre-vingt-dix, même sur autoroute. Trop prudent le père, trop craintif, avec sa mentalité d'immigré, on a du mal à l'imaginer jeune, antimilitariste, arriver en France pour une vie meilleure. Son père le voyait bien, que son fils lui empruntait sa voiture. Il le voyait à la jauge qui baissait, mais il ne disait rien. C'était entre eux depuis longtemps, de ne rien dire. Et la voiture du père était tellement plus puissante.

Ce qu'il voit du père, lui, ce sont ses mains calleuses, abîmées, des mains d'artisan, et il ne veut pas les mêmes, sûrement pas.

Ses mains à lui, lisses, fines, câlinent le cuir du volant.

Plus il va vite et moins il réfléchit.

La voiture du père, c'est exactement ça : puissance vitesse liberté plaisir instinct, la voiture du père, c'est tout ce que n'est pas le père, et le fils enfile ses habits comme pour le secouer, ébranler sa carcasse, aller plus loin, plus vite.

Les fils doivent doubler leurs pères, aller là où ils n'ont pas pu aller, ne pas s'arrêter en si bon chemin, ne pas s'immobiliser à Chermeuil.

Les pères sont toujours déjà vieux. Ils roulent à mille six cents tours en cinquième, ou à trois mille quatre cents en quatrième. Les pères sont des veaux.

15

Je compose le numéro de Clemente. Il ne répond pas. Quelques secondes après, il m'envoie un message, «Tu restes dans ta vallée ou tu viens voir l'océan ?»

L'océan ? Mais j'ai peur de l'océan, comme des enfants, comme de tout ce qui bouge, tout ce qui vit. Comme de Clemente.

Je réponds pourtant « Ok pour l'océan. Midi, ça te va ? »

Réponse instantanée, « Oui. »

À Matosinhos, Clemente m'a donné rendez-vous dans un café près de la plage. Le vent est dur, presque minéral. À quelques dizaines de mètres seulement, une masse blanche vibre, ondoie, des cris s'en échappent, rauques comme la plainte. Les goélands.

— Les gens ne les aiment pas trop ici, dit Clemente.

— Ils n'ont pas peur de nous ?

— La mer ne leur suffit plus, ils s'installent de plus en plus près des maisons… Ça inquiète les habitants. Chacun défend son territoire, c'est très animal dans le fond.

Clemente me fixe de ses yeux graves :

— Tu as l'air d'une fille qui a trouvé ce qu'elle cherchait.
— On va se promener ?
— Avec la permission des goélands, oui…

On avance sur la plage, le vent est fort mais je lutte. Je sens la présence rassurante de Clemente derrière moi. Il tente d'allumer une cigarette. Je veux l'aider en protégeant son visage avec mes mains pour l'isoler du vent. Clemente en profite pour saisir mon bras et m'entraîne avec lui vers l'océan.

Je pourrais renverser une digue, je pourrais faire s'envoler une colonie d'oiseaux.

J'ai froid.

Mais pas tant que ça. J'entre dans l'eau jusqu'à la taille, avec mon jean. Clemente me suit. Où tu vas comme ça ? Les courants sont forts ici !

Je continue d'avancer. Je pourrais renverser un océan. L'eau, l'eau pour oublier. Se délester. Je voudrais m'y plonger tout entière, et tant pis si j'entraîne tout le monde avec moi. Sur l'autre rive, j'entends leurs rires. Attendez. Vous qui avez traversé le fleuve. Vous les vivants. Attendez-moi. Clemente m'empoigne par la taille ; son bras, puissant, me retient. Je voudrais pleurer, impossible. Face à moi, l'Atlantique Nord et dans mon dos, Clemente. Je sens son visage dans mes cheveux. Il me tient serrée ainsi, longtemps.

Clemente glisse son blouson sur mes épaules. Trempés tous les deux, on remonte vers la jetée. Un homme nous rejoint.

— Ça va ? Je vous voyais disparaître, vous m'avez fait une belle trouille ! C'est pas encore la saison, pour les baignades !

— Désolés, dit Clemente, vraiment désolés.

L'homme nous aide à atteindre la digue où l'on s'écroule, à l'abri du vent.

— Il allait avoir vingt ans. J'étais revenue à la fin de l'été, pour le revoir. Ce soir-là, nous avions prévu de faire l'amour. J'étais encore vierge, j'ai eu peur. J'ai paniqué. Je lui ai dit demain, attendons demain. C'était un garçon très doux, il ne m'aurait jamais forcée.

— Il t'aimait.

— Je crois. Mais après ça, il est parti très vite, je n'ai pas compris. Peut-être qu'il était déçu ?

— C'est pour ça que tu ne l'as pas retenu ? Tu as pensé que tu l'avais déçu ?

— Je me suis dit qu'il était fatigué. Il venait me retrouver chaque soir, après son travail. Il était crevé, vraiment. Je l'attendais, je n'aurais pas compris qu'il ne vienne pas. Il avait une livraison très tôt le lendemain matin, un truc à faire qu'il n'avait pas terminé.

— Et il s'est planté en rentrant chez lui ?

— Je l'ai appris le lendemain, par Manuel. Manuel était son meilleur ami, ils étaient ensemble le jour où j'ai rencontré José. Après l'accident, Manuel est arrivé vers dix-huit heures. J'étais très inquiète, à la fois inquiète et furieuse contre José. J'avais poireauté toute la journée. Manuel m'a dit qu'il y avait un problème, je me souviens, il parlait d'un problème. Et nous sommes partis à l'hôpital.

Je raconte la chambre verte derrière la vitre, la table blanche et le corps de mon amoureux, les yeux clos, le ciseau planté à mi-cuisse, dans ce qui restait de cuisse. Je raconte le retour avec Manuel, cette jambe coupée dont aucun de nous deux n'a envie de parler. Elle n'existe pas, nous n'avons rien vu. Ces mots des médecins qu'on n'a pas compris, hémorragie, gangrène, coma… Et les mots de Manuel, sous la tente où quelques heures plus tôt José et moi… Tu es belle, me dit Manuel, il en a de la chance, José. Tu sais que nous t'avions remarquée tous les deux en juillet, sur la plage des Longères ? Tu sais que je t'avais repérée moi aussi, mais c'est lui que tu as choisi, tant pis… Il a un rire étrange… José a toujours eu ce qu'il voulait… Ça a commencé avec les mobylettes, puis les voitures, les filles… Et toi, tu t'en étais aperçue que tu me plaisais à moi aussi ? Tu ne l'avais même pas vu, je parie… Ça ne m'étonne pas… Ça a toujours été comme ça, José et moi… Tu pleures, Manuel ? Non, je ne pleure pas. Manuel se redresse, il pose sa bouche sur la mienne. Je me laisse faire, les lèvres de Manuel sont douces, je veux pleurer, mais je ne peux pas. Et la voix de Manuel, soudain transformée, « Et l'amour, vous l'avez fait au moins, l'amour ? » Non, pas vraiment, on n'a pas vraiment fait l'amour. Et lui, gueulant, «Tu ne vas pas me dire qu'il va crever sans avoir fait l'amour, hein, tu ne vas pas me dire ça ? » Sa voix de plus en plus déformée, son visage aussi, « Mais pourquoi tu parles de crever Manuel, pourquoi tu parles de ça ? » Et puis le silence, Manuel et moi, blottis, « Ne pars pas tout de suite Manuel, ne me laisse pas seule… » Et puis la nuit.

J'ai appelé mon père, le lendemain. Lui, atterrissant, me croyant en vacances avec des amies, comme je le lui avais raconté. Aux mots « accident, coma, hôpital », il se souvient qu'il a une fille, arrive en seulement quelques heures, le temps de traverser la moitié de la France. La visite à l'hôpital, quelques jours après, à Tours, où José est encore hospitalisé, et l'impossibilité de le voir, et toujours cet « état stationnaire ». Sur le parking, le visage fermé de Manuel, ses yeux qui m'évitent, « Sa famille ne veut rien savoir de toi. Tiens-toi éloignée de nous. » Comme j'ai faiblement protesté, coupable déjà, et lui, « Mais regarde ce que tu as fait, ça ne te suffit pas ? Tu ne vois pas la merde que tu as foutue en revenant ici ? Rentre chez toi maintenant ! »

Je raconte à Clemente la soirée passée chez Alicia, l'arrivée de l'oncle et le clochard qui a tout vu, l'irruption du chien… et moi qui n'en ai jamais rien su. Clemente me serre contre lui, il répète, « Ce n'est pas ta faute, tu m'entends, pas ta faute… »

La veille de partir à Chermeuil, alors que je préparais encore mon sac de voyage, j'avais eu cette intuition. N'y va pas. Ne retourne pas à Chermeuil. Ne force pas les choses. José m'avait promis qu'à la fin des vacances il viendrait me voir, qu'on se retrouverait dès que possible, que c'était la saison à Chermeuil, les touristes avaient toujours besoin de faire réparer leurs voitures, et personne n'était d'accord pour travailler au mois d'août. Personne sauf lui, ça lui était bien égal. Il avait besoin de faire de l'argent, c'était son expression, faire de l'argent, pour pouvoir enfin s'acheter une voiture, ne plus dépendre de celle de son père, et venir me rejoindre. Mais je n'avais pas pu attendre, je m'étais précipitée dès que j'avais pu, avais pris le premier billet de train, emprunté une tente à une amie, raconté un bobard à mon père qui n'avait pas vraiment cherché à vérifier, qui s'était contenté de cette explication, une semaine, une maison au bord de la mer chez les parents d'une copine. J'avais eu cette intuition la veille de partir, n'avais pas dormi de la nuit, avais pensé annuler. Mais le matin tout était changé, le matin c'était évident à nouveau, je ne pouvais plus attendre, je devais y aller, le retrouver lui, retrouver nos nuits, j'avais pris le train. Il m'attendait sur la passerelle de la petite gare, à Chermeuil, et tout était comme en juillet, lorsqu'on s'était rencontrés.

16

Le gérant m'a indiqué un fleuriste, quelques rues derrière l'hôtel. C'est une petite boutique et la vendeuse n'a plus de roses, elle me conseille plutôt des fleurs blanches, très fraîches, qu'elle vient de se faire livrer. Je lui explique qu'il m'en faut dix-neuf. La vendeuse a un moment de perplexité, certaines tiges comportent plusieurs boutons, le calcul n'est pas si simple. Finalement je repars avec dix-neuf fleurs plus les boutons. À l'hôtel, la femme du gérant m'a cueilli du feuillage, dans son jardin, pour ajouter au bouquet. « C'est bien plus chic comme ça », me dit le gérant en me tendant le bouquet amélioré. Sur la route de Lever, les fleurs embaument la voiture.

Quand j'arrive il y a déjà une rose sur sa tombe, fraîchement coupée. Une admiratrice ? Sa tante Irma ? Ou Alicia ?

C'est un vrai job d'entretenir une dalle. Il faut d'abord ôter les fleurs abîmées des anciens bouquets, couper et égaliser celles qui font encore bonne figure, aller chercher l'eau dans un seau, au bout de l'allée centrale, près de l'entrée du cimetière. Laver le marbre gris à grande eau. Déballer les fleurs fraîches, les couper à la taille adéquate et les piquer une à une dans la grille, sur le pot de grès. Compléter avec le feuillage. Penser à apporter briquet, bougies, ne pas oublier de jeter les anciennes, ni de balayer autour de la tombe les feuilles et les brindilles séchées, remettre les petits graviers en place, dégager l'allée...

Soigneusement, je repose la rose blanche dans la position où je l'ai trouvée en arrivant.

Les autres femmes montrent l'exemple, trottent d'une tombe à l'autre, ici un mari, ici un père, une mère... Une tombe pas entretenue, ça la fout mal, faudrait pas qu'on pense qu'on les a abandonnés, tous nos morts, faudrait pas qu'on pense qu'on les oublie et que n'importe qui puisse venir pleurer sur leur sort.

Une femme passe dans l'allée, accompagnée d'une enfant. Toutes deux s'approchent, manifestement pas gênées par mes larmes. « Primo, primo* », me dit la femme en désignant la photo du père de José. Je ne suis pas sûre de comprendre, mais je lui réponds, en montrant la photo du fils, « Moi aussi, primo. » « Não, não ! Meu primo », dit la femme. Et elle s'éloigne souriante avec l'enfant.

* « Cousin ».

Mon premier hâle de l'été, c'est sur ta tombe que je l'aurai attrapé. Lorsque je rentrerai, on me demandera où je suis partie, pour être déjà si bronzée, je sourirai. Je suis allée voir mon premier amour. Il est bien là où il est, il s'est fait une place au soleil.

Quelques tombes plus loin, deux femmes se querellent. Je les fusille du regard. Elles ne respectent donc rien ? Elles ne se disputent pas en fait, elles causent. C'est pas qu'on parle fort, c'est qu'on parle haut, m'avait expliqué Maria au Barcarola. En face du cimetière, l'église est un bâtiment blanc, large, de forme octogonale. Une trentaine de personnes sont dispersées sur les bancs. Je m'assieds. Derrière l'autel, une femme énumère d'une voix monocorde une liste de noms, de prénoms. La liste est longue, mais à aucun moment je n'entends le sien, José Oliveira. Quand tout le monde se lève, je suis le mouvement. Me rassieds quand les autres se rassoient, me signe quand on se signe et murmure Amen avec un temps de retard. J'esquive l'étape de l'hostie.

L'église est large, claire. Hier, Alicia m'a dit que le jour de l'enterrement, il n'y avait pas assez de place pour y laisser entrer tout le monde. Que sa tombe n'était pas assez grande pour poser toutes les plaques que la famille avait reçues.

Et moi, est-ce que je pourrais y inscrire un mot ? Un dernier mot d'amour ?

À la sortie, je croise une femme qu'Alicia a saluée la veille lorsque nous avons quitté le cimetière. Vous êtes Léonore ? La femme me saisit la main. Vous savez Léonore, j'ai connu José lorsqu'il vivait ici, il était encore si jeune. Je l'ai connu, et je ne crois pas qu'il aimerait vous voir comme ça. Comme ça ? Il faut vous trouver un mari Léonore, un compagnon. Moi je suis seule Léonore, vous voyez, je suis seule mais nous n'avons pas le même âge. Toute ma vie j'ai eu mon mari, j'ai eu tellement de joies avec lui, il faut vous trouver quelqu'un Léonore… On ne peut pas traverser la vie sans personne à ses côtés… Promettez-moi une seule chose Léonore, que la prochaine fois, vous ne reviendrez pas seule.

La veille, Alicia m'a indiqué une grande maison ocre, au milieu des vignes. C'est ici qu'il est né. La façade est couverte d'azulejos, comme le veut la tradition. Un chaton sort du jardin. La maison est fermée, Carmen ne reviendra ici avec Barbara qu'en novembre, quand la chaleur sera retombée. Dans la boîte aux lettres, j'ai laissé une carte. « Bonjour Carmen. Je suis Léonore, la petite amie de José. Voici mon numéro, j'aimerais beaucoup vous rencontrer. » Je glisse la carte dans l'enveloppe puis l'enveloppe dans la boîte. Voilà Carmen, tu sais que j'existe, et que je n'ai jamais cessé de penser à ton fils. En repartant, j'ai salué les voisins qui rentraient chez eux.

17

Petit déjeuner à l'hôtel B&B. Les petits pains frais, les molete, sont présentés dans un panier sur la table. Dès que j'en saisis un, un jeune garçon se précipite pour le remplacer. Dans la salle de restaurant, le wifi semble fonctionner, j'accède enfin à ma boîte mail.

De :	Laurent Caron [mailto : l.caron@gmail.com]
Envoyé :	mercredi 12 juin 2013 22:32
À :	Léonore Bretzer
Objet :	Aéroport

Léonore,

Pas un sms, pas un appel.
Tu t'imagines les nuits que je passe depuis ton départ ? Qui tu vois ? Où tu dors ? Tu peux seulement deviner ce qui me passe par la tête ? Quelle idée as-tu de moi pour me traiter de la sorte ? Je me sens vraiment comme la dernière des merdes.
J'aurais eu besoin de savoir, avant que tu t'en ailles, que tu m'expliques. Pourquoi es-tu partie là-bas ? Ce

n'est pas pour lui, sûrement pas, mais pour toi, parce que tu vas mal!
Ce n'est pas ton passé qui te rattrape, Léonore, c'est ton présent, ton méchant présent, ton incapacité à aimer, à vivre hic et nunc. Mais les réponses du présent ne sont pas dans le passé.
Tu te plantes.
Manque d'imagination.
Je voulais te montrer l'avenir et toi tu te casses à mille kilomètres d'ici chercher la tombe d'un ex.
Ça, je l'avoue, on ne me l'avait pas encore fait, me mettre en concurrence avec un mort.
Tu veux quoi? Que je me défenestre? Que je me jette dans la Seine?
Tu inventerais n'importe quoi, de toute façon, pour nous fuir, pour mettre fin à ce nous que je porte seul à bout de bras.
Tu nous as fait beaucoup de mal, mais ne crois pas que tu trouveras là-bas les solutions à tes problèmes d'aujourd'hui.
Il faut vivre au contraire, avancer, aller vers des lieux inexplorés. Risquer l'inconnu.
Mais tu n'en es pas capable, accrochée, vissée au passé comme une moule à son rocher de carton-pâte.
Qu'est-ce que les morts ont à nous dire? Rien!

Je veux t'oublier Léonore, t'oublier.
Il n'y aura personne pour t'attendre à l'aéroport vendredi, et quand tu rentreras, moi aussi je serai parti.

Laurent

18

Musée Soares. Je demande la salle des peintures. On m'indique un escalier de pierre sur la droite, c'est au premier, avec les sculptures. Je traverse plusieurs pièces consacrées aux portraits, la plupart datent du dix-neuvième. Des teints pâlots, fragiles, de jeunes rois, fronts déjà dégarnis, moustaches narquoises et mines affables. Des enfants aux boucles molles, aux paupières déjà lourdes.

Clemente est dans la troisième salle. Il fait face à une peinture représentant un corps allongé. De loin, l'effet est surprenant, les deux silhouettes, celles de Clemente et du corps étendu sur la toile, forment une croix parfaite. Clemente m'a donné rendez-vous devant le portrait d'un jeune martyr chrétien. Le format de la toile est celui d'un cercueil. Un adolescent baigne dans une lumière verdâtre, un maillot blanc et une fourrure masquent une partie du corps. Un bras replié émerge, visage détendu, yeux clos. Centre hospitalier de Tours, 1987. Sortie du bloc opératoire,

José allongé sur une table lumineuse blanche, le torse et le ventre couverts d'un linge clair. Ne voir que ça, l'espace vide, à la place de la jambe. Et le ciseau planté dans sa cuisse, au-dessus de l'endroit où ils ont coupé. Gangrène, on a été obligés d'amputer, dira l'infirmière. Quelques heures, quelques heures à peine après les sexes gonflés, le désir, si doux, et les chuchotements…

« Je pensais à cette toile, quand tu me parlais de lui… », me glisse Clemente.

Je m'approche, le teint est livide, le peintre a mêlé du vert et du carmin sous les ailes si délicates du nez. Il est encore vivant mais si peu. Dans quelques jours, un médecin m'annoncera au téléphone qu'il n'a pas tenu le coup. Le maillot de l'adolescent est troué à la poitrine, je voudrais le serrer une dernière fois contre moi, la surveillante du musée me rappelle que les flashs sont interdits. Mais où est Clemente ? Je traverse la salle des paysages, dans la dernière pièce avant la sortie, une toile d'un certain Marques de Oliveira, *Céphale et Procris*. L'homme est penché sur une femme à la poitrine dénudée, étendue dans l'herbe. De loin, l'on pourrait presque croire qu'ils font l'amour. L'homme presse la main de la femme, son autre main effleure son visage sans vie, et dans le regard de l'homme, le peintre a réussi à rendre toute la stupeur du monde.

En redescendant l'escalier, je traverse la cour intérieure du musée, couverte d'azulejos, et retourne attendre Clemente à l'entrée. Je reste là plusieurs minutes, personne. Je réfléchis aux derniers mots que nous avons échangés dans la salle des peintures, ça a été très bref, quelque chose comme « Je reviens », et je n'ai pas vu Clemente disparaître, absorbée dans ma contemplation.

J'hésite à lui envoyer un message.

Porto est en travaux, les rues sont barrées, la circulation est alternée. Les places sont éventrées, des blocs de pavés attendent, prêts à être alignés. Des chantiers, des grues, des barrières. Ça tape, ça vrombit, ça défonce. Les taxis évitent les bus qui doublent les tramways pendant que les voitures, en double file, klaxonnent.

Sur la place Batalha, des gens de toutes générations se retrouvent, chacun a sorti sa chaise, comme au village. Les jeunes, les vieux, conversent ensemble, s'interpellent, passent le temps. Partout, des boutiques de chaussures, pour tous les goûts. On marche beaucoup à Porto, on cavale. Les rues escarpées n'effraient ni les papis en souliers de cuir tressés, ni les mamies en espadrilles. Porto se visite à pied, et de préférence en couple. Partout des couples, des couples devant, des couples à droite, à gauche, et de tous âges. Des hideux, des magnifiques, des cool, certains qui ont l'air méchant, d'autres qui semblent s'être rencontrés il y a cinq minutes, d'autres encore foncent droit devant, sans échanger un regard. Je n'aime pas que le monde aille par paires, avait ironisé Alexandro le premier soir au Barcarola, c'est fou comme les gens manquent d'imagination. Bette lui avait jeté des yeux furieux.

Sur les quais de la Ribeira, je m'arrête sur un banc, près du pont Dom-Luís. C'est un viaduc métallique, construit par un disciple d'Eiffel. Au premier étage passent les voitures et les piétons, au second, le métro. Au niveau inférieur, des adolescents en short escaladent les rambardes. Accrochés aux poutres d'acier, ils s'interpellent, jouent à se défier entre eux. L'un d'eux est désigné par les autres. C'est son tour. Il jette un regard circulaire, fait un rapide signe de croix et s'élance dans le vide, sa chute fait plus de dix mètres. Acclamations lorsqu'il réapparaît enfin à la surface du Douro. Malgré le fort courant, il finit par rejoindre les quais en se cramponnant aux voiliers amarrés.

Un couple de touristes photographie le jeune garçon quand il émerge sur l'embarcadère. Lui prend la pose, puis cavale à nouveau vers le pont. Une nouvelle montée d'adrénaline, une nouvelle sensation, plus forte. Qui sont ces garçons ? Est-ce que José jouait, lui aussi, à défier ses copains du haut du parapet, malgré les nombreux panneaux signifiant clairement l'interdiction de se baigner ? Ces adolescents me parlent de lui, du jeune homme qu'il aurait pu être, s'il était resté ici.

Et Clemente, est-ce qu'il a déjà essayé de plonger ?

Je suis toute seule sur ce banc. Puis on est deux, on est trois, quatre. Que des femmes, agglutinées, nous contemplons le Douro, les bras croisés, immobiles, imperturbables.

À côté, le banc des couples, qui s'enlacent, se caressent ou se détestent.

Nous, on est sur celui des veuves, voilà, c'est dit, nos hommes sont morts, partis en mer, jamais repêchés, à moins qu'ils ne nous aient quittées pour une autre, pour un autre, pour personne, un soir ils ne sont pas rentrés, on ne les a plus revus, c'est tout. On forme un clan, celui des pleureuses, et même si certains couples, du haut de leur bonheur de façade, nous toisent, on s'en fiche, parce qu'on est ensemble, liées, et que le pire est derrière nous, loin derrière. On forme un bon groupe à présent, au moins une dizaine sur ce banc, l'une a la cuisse qui déborde, l'autre un simple genou posé sur l'accoudoir, mais aucune ne sera laissée de côté. Nous sommes le chœur des veuves.

Un homme se présente, muni de petites cartes qu'il distribue. Il nous propose un tour en barque. Pour une modique somme, il peut nous emmener sur le Douro. Nous le toisons, silencieuses, il se croit à Venise ? Il nous tend un dépliant, se fatigue en sourires enjôleurs. Mais nous ne bougerons pas d'ici, pas question, nous avons assez souffert par les hommes, c'est bon, on a compris, aucune d'entre nous ne se fera avoir une nouvelle fois. Ni par un marin d'eau douce, ni par un pilote décérébré, encore moins par un fou du volant. On reste bien arrimées sur ce banc, et ça pourrait durer des années.

Un monde sans hommes, tranquille.

Sans drame, sans amour.

Rien n'a changé. J'ai seulement vieilli, mais je reste cette adolescente sidérée qui apprend l'amour et la mort au même moment. L'amour et la mort si intimement liés, je les nomme l'amort.

L'amort c'est l'amour mais aussi la mort de tout nouvel amour possible.

L'amort c'est la condamnation même du projet amoureux. C'est le début, la fin, c'est l'absence, c'est vingt-cinq ans de mémoire figée.

Que n'ai-je fait le voyage plus tôt ? Pourquoi certains attendent-ils d'être sur le point de mourir pour dire à leurs proches qu'ils les aiment ? Pourquoi d'autres emportent leurs secrets avec eux, sans jamais se dévoiler ? Sans jamais oser ? Quel avait été le déclencheur pour moi après ces vingt-cinq années ?

Pas d'appel téléphonique, pas d'ami commun retrouvé ni d'heureuse coïncidence, non, l'usure des jours peut-être, l'usure d'aimer toujours de la même façon, mal, et le sentiment profond que quelque chose s'est immobilisé avec cet amour-là, le premier, celui qui fait trace et imprime à tous les autres son drame, son charme spectral.

Ce sentiment diffus pendant ces années qu'un jour il faudra bien en découdre avec cette première fois, qu'un jour il faudra faire le voyage, retourner là où je ne suis jamais allée, là où le fleuve se retire, au pays du logos retrouvé, celui des origines…

Que la vallée s'appelle Porto ou Léthé, c'est celle des larmes chaudes, amères. Et nécessaires.

Cette histoire, je m'étais parfois risquée à en parler, comme on tente de se raconter à travers ses amours, ses drames, espérant que les autres comprendront pour vous, en tireront des conclusions, excuseront peut-être votre comportement… Mais que ce soit à une amie ou à un amant de passage, leur visage aussitôt, leur silence me signifiaient que mon secret était trop grave, impartageable, et ensuite, ce sentiment qu'on me regardait différemment, qu'un poids me précédait. Chaque fois que je m'étais laissée aller à la confidence, je l'avais regretté, comme si j'avais dévoilé une partie de moi que personne n'avait envie de voir, quelque chose de trop noir. Je n'étais pas à la hauteur de cette histoire, la seule façon de m'y mesurer était de venir ici, à Porto.

Mais pour faire le voyage, il fallait être prête. Il fallait qu'on m'ait tout apporté et tout ôté, il fallait que les dernières illusions tombent, il fallait décider qu'autre chose fût possible. Il fallait enfin choisir la vie, plutôt que la séduction de l'amort.

19

Dans la rue Carvalheiras, je m'arrête au numéro 16. Je sonne. Un bruit de pas précipités dans la cage d'escalier. Clemente m'ouvre grand la porte. Je me jette contre lui. Je suis Binoche dans *L'insoutenable légèreté de l'être.* Clemente me fait tournoyer au bout de ses bras et je l'enlace de mes cuisses. Mais il s'écarte en riant, «J'ai de la peinture partout, tu vas te tacher!» Deux étages, trois, l'atelier de Clemente, une odeur familière et douceâtre que je reconnais tout de suite. L'huile de lin. Cette odeur, c'est la salle de peinture des Beaux-Arts, ce sont les murs nus, rayés de traces du fusain, de trous de punaises et de clous arrachés après que les esquisses des élèves ont été suspendues puis décrochées. Ce sont encore les chevalets, en rangs de bataille autour du modèle qui tient la pose, concentré sur la crampe qui se prépare, ce sont les blouses de coton éclaboussées de couleur, sur lesquelles il m'arrive dans la hâte d'essuyer mes pinceaux, ce sont les armoires de bois qui débordent de pots de pigments, jaune de

Naples, rouge cadmium, blanc de titane… ce sont les bâtons de fusain qui noircissent les doigts, doigts qu'on porte immanquablement au visage, puis au cou, c'est le noir d'ivoire, le vermillon, le gris de Payne et le bleu cobalt qui envahit le corps, l'espace, c'est la couleur qui reprend ses droits… Ce sont enfin les relents de térébenthine avec laquelle Clemente se nettoie les mains puis les avant-bras, penché sur un évier de faïence fêlé.

— Pardon Clemente, je te dérange en plein travail.

— Tout va bien, je m'occupais en t'attendant !

Il se débarrasse de son tee-shirt maculé de peinture.

— Je suis content que tu sois venue jusqu'ici.

Je m'approche de lui, du doigt je longe la courbe de son épaule, le modelé de son sein, son torse, Clemente plante son regard noir pailleté de gris dans le mien et, avec douceur, m'embrasse. Je fais glisser mon tee-shirt moi aussi et nous nous étendons là, au milieu des pots et des brosses.

J'ouvre les yeux, Clemente fume, accoudé à la fenêtre. L'atelier n'est pas grand, une toile immense occupe le seul mur libre de la pièce. C'est un paysage, une ligne d'horizon, un jeu de glacis, de verts, de gris. Les masses colorées semblent flotter sur le lin, aériennes, irréelles.

Une palette de bois, en équilibre sur un tabouret, un mélange bleuté, presque transparent. J'effleure l'arrondi de la palette, la texture crémeuse et tiède de la peinture, je la hume, la goûte. M'en glisse derrière la nuque, comme pour m'en parfumer.

Je goûte le torse de Clemente, les poils souples autour de la poitrine, le sperme et la sueur. Clemente respire calmement, comme quelqu'un qui se serait assoupi. J'étale un peu de blanc de titane sur son sein. Rehausse avec un fond de pigment bleu cobalt laissé à même le sol dans une soucoupe. Puis du vert, qui éclate d'un tube, du magenta, je redessine le torse nu de Clemente, en souligne les ombres, les creux et les contours.

Clemente a ouvert les yeux et me regarde faire, sans dire un mot. Il passe la paume de sa main dans ce qui reste de pigment et doucement, sans lâcher mon regard, l'étale sur mes joues. J'attrape sa main, la respire longuement, la hume, la lèche. Il m'attire contre lui, nos ventres se mélangent à nouveau, la couleur me pénètre, et j'oublie un moment qui je suis. Au moment de jouir, j'ouvre les yeux, Clemente gémit, autour de nous la peinture éjacule ses couleurs, et vibre.

— Tu y étais, toi, Clemente ?
— Où ça ?
— À Champigny-sur-Marne, avec tes parents ?

— Tu crois vraiment que c'était un endroit pour les enfants ?

— Qui s'est occupé de toi pendant qu'ils étaient en France ?

— Ma tante, ici, à Porto. Elle n'avait pas d'enfant à l'époque. Encore aujourd'hui, elle me considère comme son aîné… Je n'ai rejoint mes parents que quatre années plus tard…

Clemente me soulève et me dépose sur le seul fauteuil de la pièce, couvert d'un drap de toile clair.

— Assieds-toi là, c'est mieux comme ça ?

— Beaucoup mieux !

— Ma mère est allée retrouver mon père en France après ma naissance. C'était très banal à l'époque, on laissait son nourrisson à une tante, une grand-mère… Mon père avait enfin un contrat de travail dans une champignonnière. Un travail difficile, dans des galeries à plus de cinquante mètres sous terre pour récolter les champignons…

— Les Français ne voulaient pas faire ce travail ?

— Comment tu as deviné ? Les conditions étaient pénibles, le froid, l'humidité… Ils étaient logés près de là dans des habitations troglodytes, froides et humides, elles aussi… Rapidement il y a eu autant de Portugais que de Français au village, une communauté s'est reconstituée… Mais tu m'as dit que tu avais rencontré José près de Tours ?

— À Chermeuil. On s'était arrêtés là quelques jours, avec mon père et mon frère. Nous visitions les châteaux de la Loire, Chermeuil n'était qu'une étape.

— Pour la famille de José, Chermeuil est sans doute la première ville dans laquelle ils ont pu s'installer après Champigny. Sa tante ne t'en a pas parlé ?

Alicia ? Non, Alicia ne m'avait pas parlé de tout ça. Clemente continue, « Ce n'est pas toujours simple, pour ceux qui sont partis, d'admettre qu'ils n'ont pas trouvé l'Eldorado prévu. Quand ils redescendaient, l'été, ils fanfaronnaient avec de belles voitures, histoire de montrer qu'ils s'étaient enrichis. Mais ils étaient rarement habitués à conduire, surtout de si longues routes, beaucoup se tuaient en chemin. »

— Ça s'est passé comment, toi, ton arrivée en France ?

— C'était l'entrée en maternelle, j'ai très vite appris la langue. C'est le retour au pays qui a été plus difficile. J'avais à peine dix ans, tous mes copains étaient en France et pour moi, le Portugal, c'était juste les vacances. C'était la révolution ici, mon père n'aurait raté ça pour rien au monde. Je m'en foutais de la révolution bien sûr, tout ce que je voyais, c'est que j'allais perdre mes copains, repartir à zéro… Je passais d'une ville française moyenne à un village de montagne paumé, au nord, la région la plus pauvre du Portugal. Le contraste a été violent, les gens qui mendient dans la rue, les charrettes, les chemins de terre, les maladies pas soignées…

Clemente allume une cigarette.

— Au début, j'étais révolté que mes parents nous imposent ce retour. Ce n'est que plus tard que j'ai compris que j'y avais mes racines… Le pays a traversé quarante-huit ans de dictature tout de même, ça laisse des traces. En fait, c'est exactement comme si rien, pendant toutes ces années, n'avait vraiment évolué. Les Œillets, c'était aussi la fin de la guerre avec l'Angola. Mon père avait vingt-deux ans, il allait être appelé par l'armée. C'était l'Angola ou la France, il n'y avait pas à hésiter.

— Il est entré en France avec un passeur ?

— Pas du tout, c'est un car français qui est venu les chercher à Porto. On les a déposés sur un terrain vague, et on leur a royalement donné une planche et des clous en leur disant débrouillez-vous.

— Tu n'as toujours pas digéré…

— Difficile d'imaginer les gens que tu aimes dormir dehors, sans un toit. Je ne l'ai su que bien plus tard, mais c'est vrai, ça m'a marqué de savoir ce que mes parents avaient enduré…

— Heureusement, c'est du passé.

— Tu veux rire ? Avec la crise, l'émigration a repris de plus belle. La nouveauté, c'est que les migrants sont tous à bac + 3 aujourd'hui…

Clemente a parlé avec une extrême douceur, sans colère. Je regarde la toile, au mur. Aussi calme que lui.

— C'est la vallée du Douro ?
— Peut-être.
— Je n'ai jamais vu un tel horizon.
— Alors j'ai dû l'inventer.
— Pendant toutes ces années, j'ai dû l'imaginer moi aussi.
— Quoi donc ?
— Le visage de José. Je l'avais complètement oublié.
— Tu l'as pourtant reconnu sur la photo ?
— Reconnu, oui. Mais j'ai menti à Jef, des souvenirs, je n'en avais plus. Aucun. Après son décès, je me repassais les événements, minute par minute. La dernière soirée. Sa voix, la peau, les baisers. Mais à force de n'en parler à personne, de ne connaître personne qui l'ait fréquenté… tout a disparu jusqu'au moindre détail… jusqu'à la moindre caresse…

Clemente se lève et pose un vinyle sur une platine. Je voudrais pleurer, mais les larmes ne viennent pas. Je me dis en moi-même, tout a disparu, oui, tout. Sauf l'amour.

— C'est ça, le plus douloureux, ne plus se souvenir. Ce que j'ai découvert, ici, c'est que les souvenirs, comme les tombes, s'entretiennent.

— Qui est Jef?

— Un ami, un ami très cher…

Après un long grésillement, la musique s'élève, à travers toute la pièce…

I'm glad I spend it with you
Oh such a perfect day
You just keep me hanging on
You just keep me hanging on

— Lou Reed?

— Oui.

— Clemente?

— Léonore?

— Tu le prends comme un compliment, si je te dis que ta peinture me donne envie de m'y remettre?

— Te remettre à quoi?

— Eh bien à peindre moi aussi! Tu me laisserais… te dessiner par exemple?

— J'espère bien, tu ne crois pas que je t'ai fait venir ici juste pour te faire l'amour?

Je bondis sur Clemente, et calmement, profondément, nous le faisons encore.

20

Juillet 87.

Il se tient, là, debout devant moi.

Sa peau pâle contraste avec ses cheveux bruns, presque noirs. Je repose mon fusain et mon carnet de croquis.

— La plage, c'est de loin le meilleur endroit pour dessiner sur le motif, les corps sont nus, ils ne s'agitent pas trop, c'est l'idéal, dit-il.

Je désigne un groupe d'enfants qui jouent à la raquette près de l'eau.

— Si tu pouvais leur demander de jouer aux statues quelques minutes, ça serait parfait.

— Ce sont les mômes qui t'intéressent ? Tu n'as pas choisi le sujet le plus simple !

Il me sourit :

— Je m'appelle José.

— Je veux bien que tu me fasses la conversation, mais alors, prends la pose.

— Je serai plus calme qu'un caillou.

Et il s'assied près de moi.
Pas trop près non plus.
Non, rien d'une présence gênante.
Mais pourquoi un caillou?

— Tu veux dire, aussi calme qu'une sculpture?
— Non, non, un caillou, une pierre.

Il joue le jeu. Malgré ses camarades un peu plus loin sur la plage qui nous regardent en riant. Malgré Manuel qui me lorgne déjà. Mais ça je ne le saurai que plus tard. Pour le moment, c'est juste José et moi.

Il tient la pose.

Malgré le soleil qui le force à cligner des yeux.

Pendant de longues minutes, stoïque, prenant son rôle de modèle très au sérieux. Nous n'échangeons plus un mot, soudainement impressionnés l'un par l'autre.

Je commence par esquisser les yeux, je cherche la bouche, large, aux lèvres souples et fines, puis le front, haut, clair. J'utilise le fusain sur toute sa longueur pour placer les ombres du cou, dégager le bas du visage, modeler les tempes… J'éloigne un peu la feuille, le portrait ne ressemble pas du tout à l'original, c'est bien sa bouche, son regard, mais l'ensemble ne prend pas, ce n'est pas lui, pas vraiment. J'appuie sur le fusain, noircis les sourcils, les cheveux, j'essaie de sauver le croquis mais je sais que ce n'est pas ça, je n'y suis pas.

José insiste pour voir.

Devant son enthousiasme, je détache la feuille du carnet pour la lui offrir. Longtemps, je regretterai ce geste. Un portrait de lui, même peu ressemblant, aurait mieux valu que rien du tout.

21

Dans l'avion, je pense à ce que j'écrirai sur la plaque, «À toi, mon premier amour»? Non, ça pourrait laisser entendre qu'il y en a eu d'autres, impossible. Et alors? Je repense à l'air décontenancé d'Alicia, lorsque je lui ai dit que j'étais venue seule. «Seule à Porto? Tu n'as pas de mari?» Je repense à cette femme croisée la veille, à la sortie de l'église, à la promesse que je lui ai faite.

Je me demande si je reviendrai moi-même poser la plaque, oui, peut-être pourrai-je revenir en septembre. Et Clemente? Sera-t-il là en septembre? Avant de partir ce matin, je lui ai demandé, «C'est quoi la saudade, Clemente?» Ça ne se traduit pas, il a dit. Puis, me regardant avec gravité, «C'est quand on sent que la personne est perdue, même si elle est encore présente, tu vois un peu?»

Oui, je voyais très bien, j'avais cherché la paume de sa main et, tendrement, l'avais respirée.

Dans l'avion, je pense à eux, à Carlos, à Elisabete, à Carmen… à tous ceux qui ont quitté leur pays pour une autre vie.

À ceux qui sont revenus aussi.

Je pense aux goélands.

La douleur vient d'en bas, des jambes, du ventre. Il ne lui résiste plus, il ne peut plus. Est-ce que c'est maintenant ? Est-ce que c'est ça crever, juste une douleur qu'on ne peut plus surmonter ?

Normalement, il devrait voir sa vie défiler, oui, quand il verra sa vie en quelques clichés, ce sera le signal. Qu'est-ce qu'elle fout, mais qu'est-ce qu'elle fout ? Elle ne peut pas se pointer à la fin ? Elle lui en veut à ce point ? Elle lui en veut, c'est sûr, elle pense qu'il n'a pas assuré, qu'il a été… nul, c'est tout. Elle voulait faire l'amour, elle avait dit ce soir, et il était d'accord, mais c'était trop, il a perdu ses moyens… Il s'est senti con, mais alors con… Ses gestes malhabiles, ses caresses maladroites… Merde, il a quatre ans de plus qu'elle, c'était à lui d'assurer… Mais trop de joie c'est comme trop de douleur, ça peut tuer, surtout quand on n'est pas habitué. Ça l'a tué lui en tout cas, malgré les mots qu'elle a eus pour le rassurer, malgré ses baisers, il l'a bien senti qu'elle était déçue, que quelque chose n'allait pas. Alors il est parti brutalement, un baiser rapide, c'est à peine s'il lui a dit à demain, et puis il s'est sauvé. Il ne se l'explique toujours pas. Elle lui en veut c'est sûr, elle a traversé la France pour le voir et lui... C'est pour ça qu'elle n'est pas venue, elle est rentrée chez elle là-haut, c'est sûr... Les autres sont pourtant tous là, il les sent autour de lui. Putain mais faites quelque chose, allez la chercher. Manuel, dis-lui, toi, que je l'aime, que c'est rien tout ça, que si je n'y suis pas arrivé, c'est sûrement à cause du trop, trop d'amour, trop de je ne sais quoi, enfin tu trouveras les mots toi, je suis sûr que tu trouveras les mots Manuel, mon frère. Je crois que c'est maintenant, dis, je danse, je danse au-dessus de moi, vous me voyez tous ? Tu me vois maman ? J'ai deux ans, je danse sur la table de la cuisine, vous m'applaudissez, vous riez et je danse pour que vos rires ne s'arrêtent jamais. J'ai quatre ans, j'ai mon premier vélo et Abdel s'étale dans la cour en me poussant pour que je prenne de l'élan. J'ai cinq ans, je suis tout seul chez tante Irma, papa et maman ont emmené Barbara avec eux. Pourquoi je dois rester avec Abdel et Irma, moi ? J'ai huit ans, c'est les vacances, papa et maman sont revenus, maman me dispute parce que j'ai emmené Barbara jouer dans la rue. J'ai douze ans, je suis vraiment obligé d'aller vivre en France ? Tous mes amis sont ici, je ne m'en referai jamais, des amis comme ça. J'ai quatorze ans, je suis en France, Manuel m'aide à remonter ma première mobylette. On s'entraîne sur les petites routes, derrière la maison, maman dit qu'on est fous, que tant qu'elle ne me voit pas rentrer, elle n'est pas tranquille. J'ai quinze ans, je m'ennuie au collège, je décroche mon premier stage à la carrosserie Désesquelles. J'ai dix-huit ans, mon permis du premier coup. Je dois bosser tout l'été pour me payer une voiture. J'ai dix-neuf ans, elle est là, sur la plage des Longères, elle porte un maillot de bain bleu et un petit gilet noir, c'est bien à moi qu'elle sourit ? J'ai dix-neuf ans, je l'attends sur le quai de la gare, je suis trop flippé, ça me déchire le ventre. J'ai dix-neuf ans, elle est nue sous la tente, je lui dis que je l'aime. J'ai dix-neuf ans, je suis nu sous la tente, elle me dit qu'elle m'aime. J'ai dix-neuf ans, j'ai pas assuré ce soir, c'est à cause de l'effet qu'elle me fait, j'en perds mes moyens. J'ai dix-neuf ans, je reprends la voiture comme un con, je fonce, je t'aime, je fonce parce que je t'aime, je fonce… Est-ce que c'est ça crever, juste une douleur qu'on ne peut plus surmonter ?

Remerciements

À Alberto Augusto, Rosa Maria Da Silva Barbosa, Julio de Albuquerque, Jean-François Causeret, Louise Danou, Antoine Démazières, Dorothée de Monfreid, Sébastien Agricol Faure, Marie Ginet, Isabelle Kauffmann, Odile Le Moulec, Noémie Leonowicz, Alicia Martins, Antoine Martins, Armindo Martins, José Martins, Louis Martins, Maria Martins, Paula Martins, Chloé Mary, Pedro Rosa Mendes, Katia Monaci, Elisabete Pires Monteiro, Dominique Quélen, Charlotte Rousseau-Bernard, Isabelle Ruchot, Carlos Silva, Emilia Spiers, Marlène Tissot.

DU MÊME AUTEUR

Aux Éditions Gallimard

C'EST DIMANCHE ET JE N'Y SUIS POUR RIEN, coll. «L'Arbalète», 2015 (Folio n° 6233)

UNE FEMME AU TÉLÉPHONE, coll. «L'Arbalète», 2017.

Chez d'autres éditeurs

QUAND NOUS SERONS HEUREUX, Éditions Le Passage, 2010.

ÇA NOUS APPRENDRA À NAÎTRE DANS LE NORD, avec Amandine Dhée, La Contre Allée, 2011.

QUE NOS VIES AIENT L'AIR D'UN FILM PARFAIT, Éditions Le Passage, 2012 (Points Seuil).

COLLECTION FOLIO

Dernières parutions

5956. Lao-tseu	*Tao-tö king*
5957. Marc Aurèle	*Pensées. Livres I-VI*
5958. Montaigne	*Sur l'oisiveté et autres essais en français moderne*
5959. Léonard de Vinci	*Prophéties* précédé de *Philosophie* et *Aphorismes*
5960. Alessandro Baricco	*Mr Gwyn*
5961. Jonathan Coe	*Expo 58*
5962. Catherine Cusset	*La blouse roumaine*
5963. Alain Jaubert	*Au bord de la mer violette*
5964. Karl Ove Knausgaard	*La mort d'un père*
5965. Marie-Renée Lavoie	*La petite et le vieux*
5966. Rosa Liksom	*Compartiment n° 6*
5967. Héléna Marienské	*Fantaisie-sarabande*
5968. Astrid Rosenfeld	*Le legs d'Adam*
5969. Sempé	*Un peu de Paris*
5970. Zadie Smith	*Ceux du Nord-Ouest*
5971. Michel Winock	*Flaubert*
5972. Jonathan Coe	*Les enfants de Longsbridge*
5973. Anonyme	*Pourquoi l'eau de mer est salée et autres contes de Corée*
5974. Honoré de Balzac	*Voyage de Paris à Java*
5975. Collectif	*Des mots et des lettres*
5976. Joseph Kessel	*Le paradis du Kilimandjaro et autres reportages*
5977. Jack London	*Une odyssée du Grand Nord*
5978. Thérèse d'Avila	*Livre de la vie*
5979. Iegor Gran	*L'ambition*
5980. Sarah Quigley	*La symphonie de Leningrad*
5981. Jean-Paul Didierlaurent	*Le liseur du 6h27*

5982. Pascale Gautier *Mercredi*
5983. Valentine Goby *Sept jours*
5984. Hubert Haddad *Palestine*
5985. Jean Hatzfeld *Englebert des collines*
5986. Philipp Meyer *Un arrière-goût de rouille*
5987. Scholastique Mukasonga *L'Iguifou*
5988. Pef *Ma guerre de cent ans*
5989. Pierre Péju *L'état du ciel*
5990. Pierre Raufast *La fractale des raviolis*
5991. Yasmina Reza *Dans la luge d'Arthur Schopenhauer*
5992. Pef *Petit éloge de la lecture*
5993. Philippe Sollers *Médium*
5994. Thierry Bourcy *Petit éloge du petit déjeuner*
5995. Italo Calvino *L'oncle aquatique*
5996. Gérard de Nerval *Le harem*
5997. Georges Simenon *L'Étoile du Nord*
5998. William Styron *Marriott le marine*
5999. Anton Tchékhov *Les groseilliers*
6000. Yasmina Reza *Adam Haberberg*
6001. P'ou Song-ling *La femme à la veste verte*
6002. H. G. Wells *Le cambriolage d'Hammerpond Park*
6003. Dumas *Le Château d'Eppstein*
6004. Maupassant *Les Prostituées*
6005. Sophocle *Œdipe roi*
6006. Laura Alcoba *Le bleu des abeilles*
6007. Pierre Assouline *Sigmaringen*
6008. Yves Bichet *L'homme qui marche*
6009. Christian Bobin *La grande vie*
6010. Olivier Frébourg *La grande nageuse*
6011. Romain Gary *Le sens de ma vie* (à paraître)
6012. Perrine Leblanc *Malabourg*
6013. Ian McEwan *Opération Sweet Tooth*
6014. Jean d'Ormesson *Comme un chant d'espérance*
6015. Orhan Pamuk *Cevdet Bey et ses fils*

6016. Ferdinand von Schirach	*L'affaire Collini*
6017. Israël Joshua Singer	*La famille Karnovski*
6018. Arto Paasilinna	*Hors-la-loi*
6019. Jean-Christophe Rufin	*Les enquêtes de Providence*
6020. Maître Eckart	*L'amour est fort comme la mort* et autres textes
6021. Gandhi	*La voie de la non-violence*
6022. François de La Rochefoucauld	*Maximes*
6023. Collectif	*Pieds nus sur la terre sacrée*
6024. Saâdi	*Le Jardin des Fruits*
6025. Ambroise Paré	*Des monstres et prodiges*
6026. Antoine Bello	*Roman américain*
6027. Italo Calvino	*Marcovaldo* (à paraître)
6028. Erri De Luca	*Le tort du soldat*
6029. Slobodan Despot	*Le miel*
6030. Arthur Dreyfus	*Histoire de ma sexualité*
6031. Claude Gutman	*La loi du retour*
6032. Milan Kundera	*La fête de l'insignifiance*
6033. J.M.G. Le Clezio	*Tempête* (à paraître)
6034. Philippe Labro	*« On a tiré sur le Président »*
6035. Jean-Noël Pancrazi	*Indétectable*
6036. Frédéric Roux	*La classe et les vertus*
6037. Jean-Jacques Schuhl	*Obsessions*
6038. Didier Daeninckx – Tignous	*Corvée de bois*
6039. Reza Aslan	*Le Zélote*
6040. Jane Austen	*Emma*
6041. Diderot	*Articles de l'Encyclopédie*
6042. Collectif	*Joyeux Noël*
6043. Tignous	*Tas de riches*
6044. Tignous	*Tas de pauvres*
6045. Posy Simmonds	*Literary Life*
6046. William Burroughs	*Le festin nu*
6047. Jacques Prévert	*Cinéma* (à paraître)
6048. Michèle Audin	*Une vie brève*

6049. Aurélien Bellanger — *L'aménagement du territoire*
6050. Ingrid Betancourt — *La ligne bleue*
6051. Paule Constant — *C'est fort la France !*
6052. Elena Ferrante — *L'amie prodigieuse*
6053. Éric Fottorino — *Chevrotine*
6054. Christine Jordis — *Une vie pour l'impossible*
6055. Karl Ove Knausgaard — *Un homme amoureux, Mon combat II*
6056. Mathias Menegoz — *Karpathia*
6057. Maria Pourchet — *Rome en un jour*
6058. Pascal Quignard — *Mourir de penser*
6059. Éric Reinhardt — *L'amour et les forêts*
6060. Jean-Marie Rouart — *Ne pars pas avant moi*
6061. Boualem Sansal — *Gouverner au nom d'Allah* (à paraître)
6062. Leïla Slimani — *Dans le jardin de l'ogre*
6063. Henry James — *Carnets*
6064. Voltaire — *L'Affaire Sirven*
6065. Voltaire — *La Princesse de Babylone*
6066. William Shakespeare — *Roméo et Juliette*
6067. William Shakespeare — *Macbeth*
6068. William Shakespeare — *Hamlet*
6069. William Shakespeare — *Le Roi Lear*
6070. Alain Borer — *De quel amour blessée* (à paraître)
6071. Daniel Cordier — *Les feux de Saint-Elme*
6072. Catherine Cusset — *Une éducation catholique*
6073. Eugène Ébodé — *La Rose dans le bus jaune*
6074. Fabienne Jacob — *Mon âge*
6075. Hedwige Jeanmart — *Blanès*
6076. Marie-Hélène Lafon — *Joseph*
6077. Patrick Modiano — *Pour que tu ne te perdes pas dans le quartier*
6078. Olivia Rosenthal — *Mécanismes de survie en milieu hostile*
6079. Robert Seethaler — *Le tabac Tresniek*
6080. Taiye Selasi — *Le ravissement des innocents*

6081. Joy Sorman	*La peau de l'ours*
6082. Claude Gutman	*Un aller-retour*
6083. Anonyme	*Saga de Hávardr de l'Ísafjördr*
6084. René Barjavel	*Les enfants de l'ombre*
6085. Tonino Benacquista	*L'aboyeur*
6086. Karen Blixen	*Histoire du petit mousse*
6087. Truman Capote	*La guitare de diamants*
6088. Collectif	*L'art d'aimer*
6089. Jean-Philippe Jaworski	*Comment Blandin fut perdu*
6090. D.A.F. de Sade	*L'Heureuse Feinte*
6091. Voltaire	*Le taureau blanc*
6092. Charles Baudelaire	*Fusées – Mon cœur mis à nu*
6093. Régis Debray et Didier Lescri	*La laïcité au quotidien. Guide pratique*
6094. Salim Bachi	*Le consul* (à paraître)
6095. Julian Barnes	*Par la fenêtre*
6096. Sophie Chauveau	*Manet, le secret*
6097. Frédéric Ciriez	*Mélo*
6098. Philippe Djian	*Chéri-Chéri*
6099. Marc Dugain	*Quinquennat*
6100. Cédric Gras	*L'hiver aux trousses. Voyage en Russie d'Extrême-Orient*
6101. Célia Houdart	*Gil*
6102. Paulo Lins	*Depuis que la samba est samba*
6103. Francesca Melandri	*Plus haut que la mer*
6104. Claire Messud	*La Femme d'En Haut*
6105. Sylvain Tesson	*Berezina*
6106. Walter Scott	*Ivanhoé*
6107. Épictète	*De l'attitude à prendre envers les tyrans*
6108. Jean de La Bruyère	*De l'homme*
6109. Lie-tseu	*Sur le destin*
6110. Sénèque	*De la constance du sage*
6111. Mary Wollstonecraft	*Défense des droits des femmes*

6112. Chimamanda Ngozi Adichie	*Americanah*
6113. Chimamanda Ngozi Adichie	*L'hibiscus pourpre*
6114. Alessandro Baricco	*Trois fois dès l'aube*
6115. Jérôme Garcin	*Le voyant*
6116. Charles Haquet et Bernard Lalanne	*Procès du grille-pain et autres objets qui nous tapent sur les nerfs*
6117. Marie-Laure Hubert Nasser	*La carapace de la tortue*
6118. Kazuo Ishiguro	*Le géant enfoui*
6119. Jacques Lusseyran	*Et la lumière fut*
6120. Jacques Lusseyran	*Le monde commence aujourd'hui*
6121. Gilles Martin-Chauffier	*La femme qui dit non*
6122. Charles Pépin	*La joie*
6123. Jean Rolin	*Les événements*
6124. Patti Smith	*Glaneurs de rêves*
6125. Jules Michelet	*La Sorcière*
6126. Thérèse d'Avila	*Le Château intérieur*
6127. Nathalie Azoulai	*Les manifestations*
6128. Rick Bass	*Toute la terre qui nous possède*
6129. William Fiennes	*Les oies des neiges*
6130. Dan O'Brien	*Wild Idea*
6131. François Suchel	*Sous les ailes de l'hippocampe. Canton-Paris à vélo*
6132. Christelle Dabos	*Les fiancés de l'hiver. La Passe-miroir, Livre 1*
6133. Annie Ernaux	*Regarde les lumières mon amour*
6134. Isabelle Autissier et Erik Orsenna	*Passer par le Nord. La nouvelle route maritime*
6135. David Foenkinos	*Charlotte*

6136.	Yasmina Reza	*Une désolation*
6137.	Yasmina Reza	*Le dieu du carnage*
6138.	Yasmina Reza	*Nulle part*
6139.	Larry Tremblay	*L'orangeraie*
6140.	Honoré de Balzac	*Eugénie Grandet*
6141.	Dôgen	*La Voie du zen. Corps et esprit*
6142.	Confucius	*Les Entretiens*
6143.	Omar Khayyâm	*Vivre te soit bonheur ! Cent un quatrains de libre pensée*
6144.	Marc Aurèle	*Pensées. Livres VII-XII*
6145.	Blaise Pascal	*L'homme est un roseau pensant. Pensées (liasses I-XV)*
6146.	Emmanuelle Bayamack-Tam	*Je viens*
6147.	Alma Brami	*J'aurais dû apporter des fleurs*
6148.	William Burroughs	*Junky* (à paraître)
6149.	Marcel Conche	*Épicure en Corrèze*
6150.	Hubert Haddad	*Théorie de la vilaine petite fille*
6151.	Paula Jacques	*Au moins il ne pleut pas*
6152.	László Krasznahorkai	*La mélancolie de la résistance*
6153.	Étienne de Montety	*La route du salut*
6154.	Christopher Moore	*Sacré Bleu*
6155.	Pierre Péju	*Enfance obscure*
6156.	Grégoire Polet	*Barcelona !*
6157.	Herman Raucher	*Un été 42*
6158.	Zeruya Shalev	*Ce qui reste de nos vies*
6159.	Collectif	*Les mots pour le dire. Jeux littéraires*
6160.	Théophile Gautier	*La Mille et Deuxième Nuit*
6161.	Roald Dahl	*À moi la vengeance S.A.R.L.*
6162.	Scholastique Mukasonga	*La vache du roi Musinga*
6163.	Mark Twain	*À quoi rêvent les garçons*
6164.	Anonyme	*Les Quinze Joies du mariage*
6165.	Elena Ferrante	*Les jours de mon abandon*

Composition Daniel Collet
Impresion Novoprint
à Barcelone, le 12 décembre 2016
Dépôt légal : décembre 2016

ISBN 978-2-07-270410-9./ Imprimé en Espagne.

310373